笑林广记

半日闲

熊钰 选注
崔岩 讲解

岳麓書社 · 长沙

图书在版编目(CIP)数据

笑林广记/(清)游戏主人著;熊钰选注.—长沙:岳麓书社,2020.4

ISBN 978-7-5538-1130-7

Ⅰ.①笑…　Ⅱ.①游…②熊…　Ⅲ.①笑话—作品集—中国—古代②《笑林广记》—注释　Ⅳ.①I276.8

中国版本图书馆 CIP 数据核字(2019)第 097028 号

XIAOLIN GUANGJI

笑林广记

作　　者:[清]游戏主人

选　　注:熊　钰

责任编辑:陈文韬

责任校对:舒　舍

封面设计:山和水工作室

岳麓书社出版发行

地址:湖南省长沙市爱民路 47 号

直销电话:0731-88804152　0731-88885616

邮编:410006

2020 年 4 月第 1 版第 1 次印刷

开本:850mm×1168mm　1/32

印张:7.75

字数:174 千字

ISBN 978-7-5538-1130-7

定价:32.00 元

承印:长沙鸿发印务实业有限公司

如有印装质量问题,请与本社印务部联系

电话:0731-88884129

以下为本书讲解音频二维码，在正式阅读本书前，可扫描二维码获取讲解音频，以对全书内容有大致了解，使阅读过程更为顺畅。

1《笑林广记》：中国古代的笑话大全

2《笑林广记》的笑话分类（上）

3《笑林广记》的笑话分类（中）

4《笑林广记》的笑话分类（下）

5《笑林广记》中的古代世情

6《笑林广记》：当代喜剧创作题材宝库

目　录

古艳部

升　官

一官升职，谓其妻曰：“我的官职比前更大了。”妻曰：“官大，不知此物亦大不?”官曰：“自然。”及行事，妻怪其藐小如故，官曰：“大了许多，汝自不觉着。”妻曰：“如何不觉?”官曰：“难道老爷升了官职，奶奶[1]还照旧不成? 少不得我的大，你的也大了。”

注释：

1 奶奶：对已婚妇女的尊称，犹夫人、太太。

比　职

甲乙两同年初中[1]，甲选馆职[2]，乙授县令。甲一日乃骄语之曰：“吾位列清华[3]，身依宸禁[4]，与年兄[5]做有司[6]者，资格悬殊，他不具论，即拜客用大字帖儿，身份体面，何啻天渊[7]!”乙曰：“你帖上能用几字? 岂如我告示中的字，不更大许多? 晓谕通衢，百姓无不凛遵恪守，年兄却无用处。”甲曰：“然则金瓜黄盖[8]，显赫炫耀，兄可有否?”乙曰：“弟牌棍清道，列满街衢，何止多兄数倍!”甲曰：“太史图章，名标上苑[9]，年兄能无羡慕乎?”乙曰：“弟有朝廷印信[10]，生杀之权，惟吾操纵，视年兄身居冷曹[11]，图章私刻，谁来怕你?”甲不觉词遁，乃曰：“总之，翰林声价值千金。”乙笑曰：“吾坐堂时，百姓口称青天爷爷，岂仅千金而已耶？”

注释：

1初中：考中进士。 2馆职：明清两代以在翰林院、詹事府任职者为馆职。 3清华：清高显贵的门第或官职。 4宸禁：帝王所居的宫殿。 5年兄：科举制度中同榜登科者称为同年，互称年兄。 6有司：官吏。 7天渊：高天和深渊，二者相隔极远、差别极大。 8金瓜：古代卫士所执的一种兵仗。黄盖：黄色的伞或黄色车盖。 9上苑：皇家的园林。 10印信：公私印章的总称。11冷曹：闲官。

发利市[1]

一官新到任，祭仪门[2]毕，有未烬纸钱在地，官即取一锡锭[3]藏好。门子[4]禀曰：“老爷，这是纸钱，要他何用？”官曰：“我知道，且等我发个利市看。”

注释：

1利市：吉利，走运。 2仪门：明清官署第二重正门。 3锡锭：用锡箔做的假元宝。 4门子：旧时在官府侍候官员的差役。

贪 官

有农夫种茄不活，求计于老圃[1]。老圃曰：“此不难，每茄树下埋钱一文即活。”问其何故，答曰：“有钱者生，无钱者死。”

注释：

1 老圃：有经验的菜农。

有理

一官最贪，一日拘两造[1]对鞫[2]，原告馈以五十金。被告闻知，加倍贿托。及审时，不问情由，抽签竟打原告。原告将手作五数势曰："小的是有理的。"官亦以手覆曰："奴才，你虽有理。"又以手一仰曰："他比你更有理哩！"

注释：

1 两造：诉讼双方，原告与被告。 2 鞫：审问。

取金

一官出朱票[1]，取赤金[2]二锭，铺户送讫，当堂领价。官问："价值几何？"铺家曰："平价该若干，今系老爷取用，只领半价可也。"官顾左右曰："这等，发一锭还他。"发金后，铺户仍候领价。官曰："价已发过了。"铺家曰："并未曾发。"官怒曰："刁奴才，你说只领半价，故发一锭还你，抵了一半价钱，本县不曾亏了你，如何胡缠？快撵出去！"

注释：

1 朱票：旧时官府用朱笔写的传票。 2 赤金：黄金。

糊涂

一青盲[1]人涉讼，自诉眼瞎。官曰："你明明一双清白眼，如何诈瞎?”答曰:“老爷看小人是清白的,小人看老爷却是糊涂得紧。”

注释:

1 青盲:眼科病症名,俗称青光眼。症状为视力逐渐减退,渐至失明,但眼的外观没有异常。

不 明

一官断事不明,惟好酒怠政,贪财酷民。百姓怨恨,乃作诗以诮[1]之云:“黑漆皮灯笼,半天萤火虫。粉墙画白虎,青纸写乌龙[2]。茄子敲泥磬[3],冬瓜撞木钟。唯知钱与酒,不管正和公。”

注释:

1 诮:嘲笑,讥刺。 2 乌龙:黑龙。 3 磬(qìng):古代打击乐器,形状像曲尺,用玉、石制成,可悬挂。

启 奏

一官被妻踏破纱帽,怒奏曰:“臣启陛下:臣妻啰唣[1],昨日相争,踏破臣的纱帽。”上传旨云:“卿须忍耐。皇后有些惫赖,与朕一言不合,平天冠[2]打得粉碎,你的纱帽只算得个卵袋。”

注释:

1 啰唣:吵闹,寻事。 2 平天冠:冕的俗称。

偷　牛

有失牛而讼于官者，官问曰：“几时偷去的？”答曰：“老爷，明日没有的。”吏在傍不觉失笑。官怒曰：“想就是你偷了！”吏洒两袖曰：“任凭老爷搜。”

避　暑

官值暑月，欲觅避凉之地。同僚纷议。或曰某山幽雅；或曰某寺清闲。一老人进曰：“山寺虽好，总不如此座公厅，最是凉快。”官曰：“何以见得？”答曰：“别处多有日头，独此处有天无日。”

强盗脚

乡民初次入城，见有木桶悬于城上，问人曰：“此中何物？”应者曰：“强盗头。”及至县前，见无数木匣钉于谯楼[1]之上，皆前官既去而所留遗爱之靴。乡民不知，乃点首曰：“城上挂的强盗头，此处一定是强盗脚了。”

注释：

1 谯楼：城门上的瞭望楼。

属　牛

一官遇生辰，吏典[1]闻其属鼠，乃醵[2]黄金铸一鼠为寿。官甚喜，曰：“汝等可知奶奶生日亦在目下[3]乎？”众吏曰：“不知。

请问其属[4]？”官曰：“小我一岁，丑年生的。”

注释：

1吏典：府县的吏员。 2醵：凑钱，集资。 3目下：目前，眼下。 4属：属相。

同僚

有妻妾各居者。一日，妾欲谒[1]妻，谋之于夫：“当如何写帖？”夫曰：“该用‘寅弟[2]’二字。”妾问：“其义何居[3]？”夫曰：“同僚写帖，皆用此称呼，做官府之例耳。”妾曰：“我辈并无官职，如何亦写此帖？”夫曰：“官职虽无，同僚（㞗）总是一样。”

注释：

1谒：拜见。 2寅弟：清代同官者称“寅弟”。 3何居：何故。

家属

官坐堂，众役中有撒一响屁，官即叫：“拿来！”隶禀曰：“老爷，屁是一阵风，吹散没影踪，叫小的如何拿得？”官怒云：“为何徇情卖放[1]，定要拿到！”皂[2]无奈，只得取干屎回销[3]：“禀老爷，正犯是走了，拿得家属在此。”

注释：

1卖放：受贿私放。 2皂：皂吏。衙门里的差役。 3回销：事毕返回销差。

州　同

一人最好古董，有持文王鼎求售者，以百金买之。又一人持一夜壶至，铜色斑驳陆离，云是武王时物，亦索重价。曰："铜色虽好，只是肚里臭甚。"答曰："腹中虽臭，难道不是个周（州）铜（同）？"

衙官隐语

衙官聚会，各问何职。一官曰："随常茶饭掇[1]将来，盖义取现成（县丞）也。"一官曰："滚汤锅里下文书，乃煮（主）簿也。"一官曰："乡下蛮子租粪窖。"问者不解，答曰："典屎（史）。"

注释：

1 掇：拾取。

详　梦[1]

一作吏典者，有媳妇最善详梦。适三考[2]已满，将往谒选[3]。夜得一梦，呼媳详之。媳问："何梦？"公曰："梦见把许多册籍，放在锅内熬煮，不知主何吉凶？"媳曰："初选一定是个主簿。"隔数日，公曰："我又得一梦，梦见你我二人皆裸体而立，身子却是相背的，何也？"媳曰："恭喜一转，就是县（现）丞（成）。"

注释：

1 详梦：根据梦境推断吉凶休咎。　2 三考：古代官吏以三次考绩决定升降赏罚的制度。 3谒选：官吏赴部应选。

太监观风[1]

镇守太监观风，出“后生可畏焉[2]”为题，众皆掩口而笑，珰[3]问其故，教官[4]禀曰：“诸生以题目太难，求减得一字也好。”珰笑曰：“既如此，除了‘后’字，只做‘生可畏焉’罢。”

注释：

1观风：观察民情。 2焉：音同“阉”。 3珰：汉代武职官官帽子的装饰品，后借指宦官。 4教官：掌管学校教育的官员。

武弁[1]夜巡

一武弁夜巡。有犯夜[2]者，自称书生会课[3]归迟。武弁曰：“既是书生，且考你一考。”生请题，武弁思之不得，喝曰：“造化[4]了你，今夜幸而没有题目。”

注释：

1武弁：武官。 2犯夜：违禁夜行。 3会课：文人结社，定期集会，研习功课，传观所作文字。 4造化：幸运。

垛子[1]助阵

一武官出征将败，忽有神兵助阵，反大胜。官叩头请神姓名，神曰：“我是垛子。”官曰：“小将何德，敢劳垛子尊神见救？”答曰：“感汝平昔在教场从不曾有一箭伤我。”

注释：

1 垛子：此指土筑的箭靶。

进士第

一介弟[1]横行于乡，怨家骂曰："兄登黄甲[2]，与汝何干，而豪横[3]若此？"答曰："你不见匾额上面写着'进士第（弟）'么？"

注释：

1 介弟：对他人之弟的敬称。 2 黄甲：科举甲科进士及第者的名单。因用黄纸书写，故名。 3 豪横：强横，仗势欺人。

及 第[1]

一举子[2]往京赴试，仆挑行李随后。行到旷野，忽狂风大作，将担上头巾吹下。仆大叫曰："落地了！"主人心下不悦，嘱曰："今后莫说落地，只说及第。"仆领之，将行李拴好，曰："如今凭你走上天去，再也不会及第了。"

注释：

1 及第：音同"及地"。及第，指科举应试中选。因榜上题名有甲乙次第，故名。 2 举子：被举应试的士子。

嘲武举诗

头戴银雀顶[1]，脚踏粉底皂[2]。也去参主考[3]，也来谒孔庙[4]。颜渊[5]喟然叹，夫子[6]莞尔笑。子路[7]愠[8]见曰："这般呆狗屭，我若行三军，都去喂马料。”

注释：

1 雀顶：清代举人和生员的冠饰。 2 粉底皂：黑色高帮白色厚底的鞋子，旧时官绅所穿。 3 主考：指主考官。 4 孔庙：祭祀孔子的庙宇。 5 颜渊：字子渊，孔子门生。 6 夫子：孔门学生对孔子的称呼。 7 子路：仲由，字子路，又字季路，孔子门生。 8 愠：怒。

封君[1]

有市井[2]获封[3]者，初见县官，甚局蹐[4]，坚辞上坐[5]。官曰：“叨为令郎[6]同年[7]，论理还该侍坐[8]。”封君乃张目问曰：“你也是属狗的么？”

注释：

1 封君：封建时代因子孙显贵而受封典者。 2 市井：市井之民。 3 获封：获得朝廷封赏。 4 局蹐：局促不安。 5 上坐：亦作“上座”，受尊敬的席位。 6 令郎：称对方儿子的敬词。 7 同年：科举考试同科中式者之互称。 8 侍坐：在尊长近旁陪坐。

老父

一市井受封，初见县官，以其齿尊[1]，称之曰：“老先[2]。”其人含怒而归。子问其故，曰：“官欺我太甚，彼该称我老先生才是，乃作歇后语叫甚么‘老先’，明系轻薄[3]。我回称也不曾失了便宜[4]。”子询何以称呼，答曰：“我本应称他‘老父母[5]’，今亦缩住后韵，只叫他声‘老父’。”

注释：

1齿尊：指高寿长者。 2老先：即“老先生”的省称。 3轻薄：轻视鄙薄，不尊重。 4便宜：上风，优势。 5老父母：旧时对地方官的敬称。

公子[1]封君

有公子兼封君者，父对之，乃欣羡不已。讶问其故，曰：“你的爷[2]既胜过我的爷，你的儿又胜过我的儿。”

注释：

1公子：富贵人家的子弟。 2爷：指父亲。

送父上学

一人问：“公子与封君孰乐？”答曰：“做封君虽乐，齿已衰矣。惟公子年少最乐。”其人急趋而去。追问其故，答曰：“买了书，好送家父去上学[1]。”

注释：

1好送家父去上学：意指让父亲赶快成为显要人物，自己好做少年公子。

纳粟[1]诗

赠纳粟诗曰：“革车[2]（言三百两）买得截的高（言大帽也），

周子[3]窗前（言草也）满腹包。有朝若遇高曾祖[4]（言考也），焕乎其有（言文章也）没分毫。”

注释：

1 纳粟：明清时富家子弟捐纳财货进国子监为监生，可直接参加省城、京都的考试。 2 革车：古代兵车的一种。 3 周子：周敦颐。北宋著名哲学家，理学开山鼻祖。 4 高曾祖：指高祖、曾祖、祖父。

考 监

一监生[1]过国学[2]门，闻祭酒[3]方盛怒两生而治之，问门上人[4]者：“然则打欤？罚欤？镦锁[5]欤？”答曰：“出题考文。”生即咈然[6]，曰：“咦，罪不至此。”

注释：

1 监生：明清两代称在国子监读书或取得进国子监读书资格的人。 2 国学：古代指国家设立的学校。 3 祭酒：国子监主管官。 4 门上人：在门房从事传达的仆役。 5 镦锁：囚禁。 6 咈然：即“怫然”，不悦貌。

坐 监[1]

一监生妻屡劝其夫读书，因假寓[2]于寺中，素无书籍，乃唤脚夫[3]以罗担[4]挑书先往。脚夫中途疲甚，身坐担上，适生至，闻傍人语所坐《通鉴》，因怒责脚夫，夫谢罪曰：“小人因为不识字，一时坐了鉴（监），弗[5]怪弗怪。”

注释：

1 坐监：在国子监读书。 2 寓：寄居。 3 脚夫：旧称搬运货物行李的夫役。 4 罗担：即箩担，挑有箩筐的担子。 5 弗：不。

不往京

一监生娶妾，号曰“京姐”，妻妒甚。夫诣[1]妾，必告曰：“京里去。”一日欲往京去，妻曰：“且在此关上纳了钞着。”既行事讫，妻曰：“汝今何不往京？”生曰：“绒也没有一些在肚里，京里去做甚么？”

注释：

1 诣：前往，到。

咬飞边[1]

贫子途遇监生，忽然抱住兜耳一口。生惊问其故，答曰：“我穷苦极矣。见了大锭银子，如何不咬些飞边用用！”

注释：

1 飞边：散碎银子。

入 场[1]

监生应付入场，方出，一故人相遇揖[2]之，并揖路傍猪屎。生问：“此臭物，揖之何为？”答曰：“他臭便臭，也从大肠（场）里出来的。”

注释：

1 入场：进入考场。 2 揖：拱手行礼。

书 低

一生赁[1]僧房读书，每日游玩。午后归房，呼童[2]取书来。童持《文选》，视之曰："低。"持《汉书》，视之曰："低。"又持《史记》，视之曰："低。"僧大诧曰："此三书熟其一，足称饱学，俱云低，何也？"生曰："我要睡，取书作枕头耳。"

注释：

1 赁：租。 2 童：童仆。

监生娘娘

监生至城隍庙，傍有监生案[1]，塑监生娘娘像。归谓妻曰："原来我们监生恁般[2]尊贵，连你的像，早已都塑在城隍庙里了。"

注释：

1 案：桌子。 2 恁般：这样，那样。

监生自大

城里监生与乡下监生各要争大，城里者耻之曰："我们见多识广，你乡里人孤陋寡闻。"两人争辩不已，因往大街同行，各见所长。到一大第[1]门首[2]，匾上"大中丞[3]"三字，城里监生倒看指谓曰："这岂不是'丞[4]中大'？乃一征验[5]。"又到一宅，匾额是"大理卿[6]"，乡下监生以"卿"字认做"鄉"字，忙亦倒念指之曰："这是'乡里大'了。"两人各不见高下。又来一寺门首，上题"大士阁[7]"，彼此平心和议曰："原来阁（各）士（自）大。"

注释：

1大第：大宅子。 2门首：门前，门口。 3大中丞：官职名，明清时指巡抚。 4丞：音同"城"。 5征验：可以令人信服的证据。 6大理卿：官职名，掌刑法的官。 7大士阁：供奉观音大士的阁楼。

打 丁[1]

一人往妓馆打丁毕，妓牵之索谢[2]。答曰："我生员也，奉祖制免丁[3]。"俄焉[4]又一人至，亦如之。妓曰："为何？"答曰："我监生也。"妓曰："监生便怎么？"其人曰："岂不知监生从来是白丁[5]？"

注释：

1打丁：嫖妓。 2索谢：索取谢礼。 3免丁：免除成年男子的徭役。 4俄焉：不一会儿。 5白丁：指没有功名的平民，亦指不学无术的人。这里指不用付钱的人。

王监生

一监生姓王，加纳[1]知县到任。初落学[2]，青衿[3]呈书，得"牵牛"章，讲诵之际，忽问："那王见之[4]是何人？"答曰："此王诵之之兄也。"又问："那王曰然是何人？"答曰："此王曰叟之弟也。”曰：“妙得紧，且喜我王氏一门，都在书上。”

注释：

1加纳：加官。 2落学：到学校视察。 3青衿：借指学子。 4王见之：原文并非人名，“王”指君王。下文“王诵之”“王曰然”“王曰叟”，皆亦非人名。

自不识

有监生穿大衣带圆帽，于着衣镜中自照，得意甚，指谓妻曰：“你看镜中是何人？”妻曰：“臭乌龟，亏你做了监生，连自（字）多不识。”

监生拜父

一人援例[1]入监[2]，吩咐家人备帖[3]拜老相公[4]。仆曰：“父子如何用帖，恐被人谈论。”生曰：“不然，今日进身[5]之始，他客俱拜，焉有亲父不拜之理？”仆问：“用何称呼？”生沉吟曰：“写个‘眷侍教生’罢。”父见，怒责之，生曰：“称呼斟酌切当[6]，你自不解。父子一本至亲，故下一‘眷’字；侍者，父坐子立也；教者，从幼延师教训；生者，父母生我也。”父怒转盛，责其不通。生谓仆曰：“想是嫌我太妄[7]了，你去另换过晚生[8]帖儿来罢。”

注释：

1援例：引用惯例或先例。 2入监：旧时称进国子监读书。 3帖：名帖。 4老相公：旧时对上层社会年老男子的敬称。

此指父亲。 5进身：被录用或提升。 6切当：贴切恰当。 7妄：胡乱，越轨。 8晚生：后辈对前辈自谦之称。

半字不值

一监生妻谓其孤陋寡闻，使劝读书，问："读书有甚好处？"妻曰："一字值千金，如何无益？"生答曰："难道我此身半个字也不值？"

借药撵[1]

一监生临终，谓妻曰："我一生挣得这副衣冠，死后必为我殡殓[2]。"妻诺。既死，穿衣套靴讫，惟圆帽左右欹侧[3]难带。妻哭曰："我的天，一顶帽子也无福带。"生复转魂，张目谓妻曰："必要带的。"妻曰："非不欲带，恨枕不稳耳。"生曰："对门某医生家药撵槽，借来好做枕。"

注释：

1药撵：即药碾，中医碾药用的工具。 2殡殓：为死者更衣下棺。 3欹侧：倾斜，歪斜。

斋戒库

一监生姓齐，家资甚富，但不识字。一日府尊[1]出票，取鸡二只，兔一只。皂亦不识票中字，央齐监生看，生曰："讨鸡二只，免一只。"皂只买一鸡回话。太守[2]怒曰："票上取鸡二只，兔一只，为何只缴一鸡？"皂以监生事禀，太守遂拘监生来问。

时太守适有公干[3]，暂将监生收入斋戒库内候究。生入库，见碑上“斋戒”二字，认做他父亲“齐成”姓名，张目惊诧，呜咽不止。人问何故，答曰：“先人灵座，何人设建在此？睹物伤情，焉得不哭！”

注释：

1府尊：明清时对知府的尊称。 2太守：官名。明清时专指知府。 3公干：公务，公事。

附 例[1]

一秀才畏考援例，堂试[2]之日，至晚不能成篇，乃大书卷面曰：“惟其如此，所以如此。若要如此，何苦如此！”官见而笑曰：“写得此四句出，毕竟还是个附例。”

注释：

1附例：扩招的例监。明清时，由援例捐纳取得监生资格的称为例监，亦称“捐监”。 2堂试：科举制称府（州）学考试。

酸 臭

小虎谓老虎曰：“今日出山，搏得一人食之，滋味甚异，上半截酸，下半截臭，究竟不知是何等人。”老虎曰：“此必是秀才纳监[1]者。”

注释：

1纳监：明清科举时代富家子弟纳资为监生。

仿制字

一生见有投制生[1]帖者，深叹“制”字新奇，偶致一远札，遂效之。仆致书回，生问：“见书有何话说？”仆曰：“当面启看，便问：‘老相公无恙？’又问：‘老安人[2]好否？’予曰：‘俱安。’乃沉吟半晌，带笑而入，才发回书。”生大喜曰：“人不可不学，只一字用得着当，便一家俱问，到添下许多殷勤。”

注释：

1 制生：指为父母守丧者。 2 安人：封建时代命妇的一种封号。此处指母亲。

春生帖

一财主不通文墨，谓友曰：“某人甚是欠通[1]，清早来拜我，就写晚生帖。”傍一监生曰：“这倒还差不远，好像这两日秋天拜客，竟有写春（‘眷’字误看‘春’字）生帖子的哩。”

注释：

1 欠通：对事理不够通达。亦指文字不够通顺。

借　牛

有走柬[1]借牛于富翁者，翁方对客[2]，讳[3]不识字，伪启缄[4]视之，对来使曰：“知道了，少刻[5]我自来也。”

注释：

1 走柬：传信，送信。 2 对客：会客。 3 讳：隐瞒。 4 缄：

书信。 5 少刻：一会儿。

哭 麟[1]

孔子见死麟，哭之不置。弟子谋所以慰之者，乃编钱挂牛体，告曰："麟已活矣。"孔子观之曰："这明明是一只村牛[2]，不过多得几个钱耳。"

注释：

1 麟：麒麟。 2 村牛：蠢牛。对文盲的贬称。

江心赋

有富翁同友远出，泊舟江中。偶散步上岸，见壁间题"江心赋"三字，错认"赋"字为"贼"字，惊欲走匿。友问故，指曰："此处有贼。"友曰："赋也，非贼也。"其人曰："赋（富）便赋了，终是有些贼形。"

吃乳饼

富翁与人论及童子多肖[1]乳母[2]，为吃其乳，气相感也。其人谓富翁曰："若是如此，想来足下[3]从幼是吃乳饼长大的。"

注释：

1 肖：相似，像。 2 乳母：奶妈。 3 足下：对同辈、朋友的敬称，古时也用于对上。

不愿富

一鬼托生[1]时，冥王[2]判作富人。鬼曰：“不愿富也，但求一生衣食不缺，无是无非，烧清香，吃苦茶，安闲过日足矣。”冥王曰：“要银子便再与你几万，这样安闲清福，却不许你享。”

注释：

1 托生：指人或牲畜死后转世投胎，是迷信说法。 2 冥王：“阎罗”的俗称。

蕈字塔

一富翁问“蕈”字如何写，对以“草字头，次‘一’字，次‘田’字，又‘一’字，又‘田’字，又‘一’字”。其人写“草”“壹”“田”“壹”“田”“壹”，写讫玩[1]之，骂曰：“天杀的，如何诳[2]我？分明作耍我造成一座宝塔了。”

注释：

1 玩：观赏。 2 诳：欺骗。

医银入肚

一富翁含银于口，误吞入腹，痛甚，延医治之。医曰：“不难，先买纸牌一副，烧灰咽之，再用艾丸灸脐，其银自出。”翁询其故，医曰：“外面用火烧，里面有强盗打劫，那怕你的银子不出来！”

田主见鸡

一富人有余田数亩，租与张三者种，每亩索鸡一只。张三将鸡藏于背后，田主遂作吟哦之声曰："此田不与张三种。"张三忙将鸡献出，田主又吟曰："不与张三却与谁？"张三曰："初间不与我，后又与我，何也？"田主曰："初乃无稽（鸡）之谈，后乃见机（鸡）而作也。"

讲　解

有姓李者暴富而骄，或嘲之云："一童读《百家姓》首句，求师解释。师曰：'赵'是'精赵'的'赵'字（吴俗谓人呆为赵），'钱'是'有铜钱'的'钱'字，'孙'是'小猢狲'的'孙'字，'李'是'姓张姓李'的'李'字。童又问：倒转亦可讲得否？师曰：也得。童曰：如何讲？师曰：不过姓李的小猢狲，有了几个臭铜钱，一时就精赵起来。"

训　子

富翁子不识字，人劝以延师训之。先学"一"字是一画，次"二"字二画，次"三"字三画。其子便欣然投笔[1]，告父曰："儿已都晓字义，何用师为？"父喜之，乃谢去。一日，父欲招万姓者饮，命子晨起治状[2]，至午不见写成。父往询之，子恚曰："姓亦多矣，如何偏姓万，自早至今，才得五百画着哩！"

注释：

1 投笔：停笔。　2 治状：写请帖。

腐流部

辞　朝[1]

一教官辞朝见象，低徊留之不忍去。人问其故，答曰："我想祭丁[2]的猪羊，有这般肥大便好。"

注释：

1 辞朝：辞别朝廷。　2 祭丁：即丁祭。祭祀孔子。

上　任

岁贡[1]选教职[2]，初上任，其妻进衙，不觉放声大哭。夫惊问之，妻曰："我巴得你到今日，只道出了学门，谁知反进了学门！"

注释：

1 岁贡：科举时代贡入国子监的生员的一种。明清两代，每年或两三年从府、州、县学中选送廪生升入国子监肄业。　2 教职：指教官。

争　脏[1]

祭丁过，两广文[2]争一猪大脏，各执其脏之一头。一广文稍强，尽掣得其脏，争者止两手捋得脏中油一捧而已。因曰："予虽不得大葬（脏），君无尤（油）焉。”

注释：

1 脏：动物内脏。 2 广文：“广文先生”的简称，指清苦闲散的儒学教官。

厮 打

教官子与县丞子厮打，教官子屡负，归而哭诉其母。母曰：“彼家终日吃肉，故恁般强健会打。你家终日吃腐[1]，力气衰微，如何敌得他过？”教官曰：“这般我儿不要忙，等祭过了丁[2]，再与他报复便了。”

注释：

1 腐：豆腐。 2 祭过了丁：指吃过祭祀孔子后撤下的肉。

钻 刺

鼠与黄蜂拜为兄弟，邀一秀才做盟证，秀才不得已往，列为第三人。一友问曰：“兄何居乎鼠辈之下？”答曰：“他两个一会钻，一会刺，我只得让他罢了。”

证孔子

两道学先生议论不合，各自诧真道学而互诋为假，久之不决，乃请正[1]于孔子。孔子下阶，鞠躬致敬而言曰：“吾道甚大，何必相同。二位老先生皆真正道学，丘素所钦仰[2]，岂有伪哉？”两人各大喜而退。弟子曰：“夫子何谀[3]之甚也！”孔子曰：“此辈人哄得他动身[4]就够了，惹他怎么？”

注释：

1 请正：请求指正。多用为敬辞。 2 钦仰：钦佩景仰。 3 谀：谄媚，奉承。 4 动身：指离开。

放 肆

道学先生嫁女出门，至半夜，尚在厅前徘徊踱索[1]。仆云：“相公[2]，夜深请睡罢。”先生顿足怒云：“你不晓得，小畜生此时正在那里放肆了！”

注释：

1 踱索：踱步。 2 相公：旧时对男子的敬称。

贽 礼[1]

广文到任，门人以钱五十为贽者，题刺[2]曰：“谨具贽仪[3]五十文，门人某百顿首拜。”师书其帖而返之，曰：“减去五十拜，补足一百文何如？”门人答曰：“情愿一百五十拜，免了这五十文又何如？”

注释：

1 贽礼：拜见时赠送的礼物。 2 题刺：在名帖上题字。 3 贽仪：为表敬意所送的礼品或财物。

不养子

一士夫[1]子孙繁衍，而同侪[2]有无子者，乃骄语之曰："尔没力量，儿子也养不出一个。像我这等子孙多，何等热闹。"同侪答曰："其子尔力也，其孙非尔力也。"

注释：

1 士夫：士大夫，读书人。 2 同侪：同辈。

借 粮

孔子在陈[1]绝粮，命颜子[2]往回回国借之，以其名与国号相同，冀有情熟[3]。比往通讫[4]，大怒曰："汝孔子要攘[5]夷狄[6]，怪俺回回，平日又骂俺回之为人也择（贼）乎！"粮断不与。颜子怏怏[7]而归。子贡[8]请往，自称平昔极奉承，常曰："赐也何敢望回回。[9]"群回大喜，以白粮一担，先令携去，许以陆续运付。子贡归，述之夫子，孔子攒眉曰："粮便骗了一担，只是文理不通。"

注释：

1 陈：陈国。周代诸侯国。 2 颜子：孔子弟子颜回。 3 情熟：相熟，亲密。 4 比往通讫：等到达后通告完身份。 5 攘：驱逐，排斥。 6 夷狄：古称东方部族为夷，北方部族为狄。常用以泛称除华夏族以外的各族。 7 怏怏：不服气或闷闷不乐的神情。 8 子贡：姓端木，名赐，字子贡。孔子的弟子。 9 此句原载《论语》："赐也何敢望回？""回"指颜回。

[明]佚名(传戴进)《太平乐事册页》之《婴戏》

［明］佚名（传戴进）《太平乐事册页》之《骑牛》

廪粮

粮长收粮在仓廪内，耗鼠甚多。潜伺[1]之，见黄鼠群食其中。开仓掩捕，黄鼠有护身屁，连放数个。里长大怒曰："这样放屁畜生，也被他吃了粮去。"

注释：

1 潜伺：暗中观察。

脱科[1]

其年乡试[2]，一县脱科。诸生请堪舆[3]来看风水，以泥塑圣像卵小，不相称故耳。遂唤妆佛[4]匠改造。圣人大喝曰："这班不通文理的畜生，你们自不读书，干我卵甚事！"

注释：

1 脱科：无人通过科考。 2 乡试：明清两代在各省省城举行的科举考试。 3 堪舆：风水先生。 4 妆佛：以彩绘等方式装饰佛像。

黉门

三秀才往妓家，设东叙饮，内一秀才曰："兄治[1]何经？"曰："通《诗经》。"复问其次，曰："通《书经》。"因戏问妓曰："汝通何经？"曰："妾通月经。"众皆大笑。妓曰："列位相公休笑我，你们做秀才，都从这红门[2]中出来的。"

注释：

1 治：研究。 2 红门：音同“黉门”，学宫之门。借指学校。

野 味

甲乙二士应试，甲曰：“我梦一木冲天，何如？”乙曰：“一木冲天，乃‘未’字也，恐非佳兆[1]。”因言己梦一雉贴天而飞，此必文门之象，稳中无疑矣。甲摇首曰：“咦，野（也）味（未）。”

注释：

1 佳兆：吉兆，好的朕兆。

僧士诘辩

秀才诘问[1]和尚曰：“你们经典内‘南无’二字，只应念本音，为何念作‘那摩’？”僧亦回问云：“相公《四书》上‘於戏’二字，为何亦读作‘呜呼’？如今相公若读‘於戏’，小僧就念‘南无’；相公若是‘呜呼[2]’，小僧自然要‘那摩[3]’。”

注释：

1 诘问：追问，责问。 2 呜呼：此用以借指人死。 3 那摩：代指念经。

杨相公

一人问曰：“相公尊姓？”曰：“姓杨。”其人曰：“既是羊，为甚无角？”士怒曰：“呆狗入出的！”那人错会其意，曰：“嗄！”

头　场[1]

玉帝生日，群仙毕贺。东方朔[2]后至，见寿星徬徨门外，问之，曰："有告示贴出，不放我进。"又问何故贴出，答曰："怪我头长（场）。"

注释：

1 头场：乡试或会试的第一场考试。　2 东方朔：西汉时期著名的文学家。

后　场

宾主二人同睡，客索夜壶。主人说："在床下，未曾倒得。"只好棚过头一场，后场断断再来不得了。

识　气

一瞽子双目不明，善能闻香识气。有秀才拿一《西厢》本与他闻，曰："《西厢记》。"问："何以知之？"答曰："有些脂粉[1]气。"又拿《三国志》与他闻，曰："《三国志》。"又问："何以知之？"答曰："有些刀兵气。"秀才以为奇异，却将自做的文字与他闻，瞽子曰："此是你的佳作。"问："你怎知？"答曰："有些屁气。"

注释：

1 脂粉：胭脂和香粉，均为化妆用的物品。比喻诗文中的艳丽风格。

蛀帽

有盛大、盛二者，所戴毡帽，合放一处。一被虫蛀，兄弟二人互相推竞，各认其不蛀者夺之。适一士经过，以其读书人明理，请彼决之。士执蛀帽反覆细看，乃睨[1]盛大曰："此汝帽也！"问："何以见得？"士曰："岂不闻《大学》注解云：'宣（先）著（蛀）盛大之貌（帽）。'"

注释：

1 睨：斜着眼睛看。

无一物

穷人往各寺院，窃取神物灵心[1]，止有土地庙[2]未取。乃去挖开，见空空如也，乃骇叹[3]曰："看他巾[4]便戴了一顶，原来腹中毫无一物！"

注释：

1 灵心：此指神灵塑像中暗藏的物品。 2 土地庙：供奉土地神的庙。 3 骇叹：惊叹。 4 巾：方巾，明代处士及儒生所戴软帽。

穷秀才

有初死见冥王者，王谓其生前受用[1]太过，判来生去做一秀才，与以五子。鬼吏禀曰："此人罪重，不应如此善遣。"王笑曰："正惟罪重，我要处他一个穷秀才，把他许多儿子，活活累杀[2]他罢了。"

注释：

1 受用：享受。 2 累杀：累死。

颂 屁

一士死见冥王，自称饱学，博古通今。王偶撒一屁，士即进词云："伏惟大王，高耸金臀，洪宣宝屁，依稀乎丝竹[1]之声，仿佛乎麝兰[2]之气。臣立下风[3]，不胜[4]馨香之味。"王喜，命赐宴，准与阳寿一纪[5]，至期自来报到，不消[6]鬼卒勾引[7]。士过十二年，复诣阴司[8]，谓门上曰："烦到大王处通禀，说十年前做放屁文章的秀才又来了。"

注释：

1 丝竹：弦乐器与竹管乐器之总称。亦泛指音乐。 2 麝兰：麝香与兰香。 3 下风：风所吹向的那个方向。 4 不胜：受不住，承担不了。 5 一纪：十二年。 6 不消：不需要，不用。 7 勾引：此指捉拿传唤。 8 阴司：阴间，阴曹地府。

出学门

儒学碑亭新完，一士携妓往视，见碑下负重[1]，戏谓妓曰："汝父在此，为何不拜？"妓即下拜云："我的爷，看你这等蹭蹬[2]，何时得出学门！"

注释：

1 负重：指石碑下的龟形底座。 2 蹭蹬：倒霉。

抄祭文

东家[1]丧妻母，往祭。托馆师[2]撰文，乃按古本误抄祭妻父者与之。为识者看出，主人怪而责之。馆师曰："此文是古本刊定[3]的，如何得错？只怕倒是他家错死了人，这便不关我事。"

注释：

1 东家：旧时称聘用、雇用自己的人。 2 馆师：学馆的教师。 3 刊定：修改审定。

做不出

租户连年欠租，每推田瘦[1]做不出米来。士怒曰："明年待我自种，看是如何？"租户曰："凭相公拼着命去种，到底是做不出的。"

注释：

1 瘦：土地瘠薄，不肥沃。

凑不起

一士子赴试，艰于构思。诸生随牌俱出，接考者候久，甲仆问乙仆曰："不知作文一篇，约有多少字？"乙曰："想来不过五六百。"甲曰："五六百字，难道胸中便没有了？此时还不出来？"乙曰："五六百字虽有在肚里，只是一时凑不起来耳。"

四等亲家

两秀才同时四等[1]，于受责时曾识一面。后联姻[2]，会亲日相见，男亲家曰："尊容曾在何处会过来？"女亲家曰："便是有些面善[3]，一时想不起。"各沉吟间，忽然同悟。男亲家点头曰："嗄。"女亲家亦点头曰："嗄。"

注释：

1 四等：科举考试成绩第四等级。 2 联姻：通婚结成姻亲关系。 3 面善：面熟。

七等割屌

一士考末等，自觉惭愧，且虑其妻之姗[1]己也，乃架[2]一说诳妻曰："从前宗师[3]止于六等，今番遇着这个瘟官，好不厉害，又增出一等，你道可恶不可恶？"妻曰："七等如何？"对曰："六等不过去前程[4]，考七等者，竟要阉割。"妻大惊曰："这等，你考在何处？"夫曰："还亏我争气，考在六等，幸而免割。"

注释：

1 姗：讥讽。 2 架：捏造，虚构。 3 宗师：明清时对提督学道、提督学政的尊称。 4 去前程：免去前程。

腹内全无

一秀才将试，日夜忧郁不已。妻乃慰之曰："看你作文如此之难，好似奴[1]生产一般。"夫曰："还是你每生子容易。"妻曰："怎见得？"夫曰："你是有在肚里的，我是没在肚里的。"

注释：

1 奴：古时妇女自称。

不完卷

一生[1]不完卷[2]，考置四等，受朴。对友曰："我只缺得半篇。"友云："还好，若做完，看了定要打杀[3]。"

注释：

1 生：生员。 2 完卷：完成答卷。 3 打杀：杀死，致人死地。

求　签

一士岁考[1]求签，通陈[2]曰："考在六等，求上上[3]；四等，下下[4]。"庙祝[5]曰："相公差矣。四等止杖责，如何反是下下？"士曰："非汝所知，六等黜退[6]，极是干净；若是四等，看了我的文字，决被打杀。"

注释：

1 岁考：明代提学官和清代学政，每年对所属府、州、县生员、廪生举行的考试。分别优劣，酌定赏罚。凡府、州、县的生员、增生、廪生皆须应岁考。 2 通陈：祷告，祷祝。 3 上上：最上等，最好。 4 下下：最末等。 5 庙祝：寺庙里管香火的人。 6 黜退：贬黜，斥退。

梦入泮[1]

府取童生[2]祈梦："道考可望入泮否？"神问曰："汝祖、父是科下否？”曰：“不是。”又问：“家中富饶否？”曰：“无得。”神笑曰：“既是这等，你做甚么梦？”

注释：

1 入泮：考中秀才。 2 童生：习举业而未考取秀才的读书人。

谒孔庙

有以银钱夤缘[1]入泮者，拜谒孔庙。孔子下席[2]答之。士曰：“今日是夫子弟子礼，应坐受。”孔子曰：“岂敢，你是我孔方兄[3]的弟子，断不受拜。”

注释：

1 夤缘：攀附权贵，向上巴结。 2 下席：离开席位。 3 孔方兄：又称“孔方”，钱的谑称。古时铜钱外圆，中有方孔，故名。

狗头师

馆师岁暮[1]买舟回家。舟子[2]问曰：“相公贵庚[3]？”答曰：“属狗的，开年已是五十岁了。”舟人曰：“我也属狗，为何贵贱不等？”又问：“哪一月生的？”答曰：“正月。”舟子大悟曰：“是了是了，怪不得！我十二月生，是个狗尾，所以摇[4]了这一世。相公正月生，是个狗头，所以教（叫）了这一世。”

注释：

1 岁暮：岁末。 2 舟子：船夫。 3 贵庚：问人年龄的敬词。庚，指年龄。 4 摇：此指摇船。

狗坐馆[1]

一人惯会说谎，对亲家云："舍间有三宝：一牛每日能行千里；一鸡每更止啼一声；又一狗善能读书。"亲家骇云："有此异事？来日必要登堂[2]求看。"其人归与妻述之："一时说了谎，怎生回护[3]？"妻曰："不妨，我自有处[4]。"次日，亲家来访，内[5]云："早上往北京去了。"问："几时回？"答曰："七八日就来的。"又问："为何能快？"曰："骑了自家牛去。"问："宅上还有报更鸡？"适值亭中午鸡啼，即指曰："只此便是，不但夜里报更，日间生客[6]来也报的。"又问："读书狗请借一观。"答曰："不瞒亲家说，只为家寒[7]，出外坐馆去了。"

注释：

1 坐馆：指担任塾师。 2 登堂：登门。 3 回护：指掩盖。 4 处：此指办法。 5 内：妻子。 6 生客：陌生的客人。 7 家寒：家境贫寒。

讲书

一先生讲书，至"康子馈药[1]"，徒问："是煎药[2]是丸药[3]？"先生向主人夸奖曰："非令郎美质[4]不能问，非学生博学不能答。上节'乡人傩[5]'，傩的自然是丸药。下节又是煎药，不是用炉火，如何就'厩[6]焚'起来！"

注释：

1 康子馈药：出自《论语·乡党》。康子，即季孙肥，春秋时期鲁国的正卿。姬姓，季氏，名肥。谥康，史称"季康子"。 2 煎药：

汤药。 3 丸药：指制成丸剂的药物。 4 美质：天资优异。 5 傩：古代腊月驱逐疫鬼的仪式。 6 厩：马棚。

师赞徒

馆师欲为固[1]馆计，每赞学生聪明，东家不信，命当面对课[2]。师曰："蟹。"学生对曰："伞。"师赞之不已。东翁[3]不解，师曰："我有隐意。'蟹'乃横行之物，令郎对'伞'，有独立之意，岂不绝妙？"东翁又命对两字课，师曰："割稻。"学生对曰："行房。"师又赞不已。东家大怒，师曰："此对也有隐意。我出'割稻'者，乃积谷防饥；他对'行房'者，乃养儿待老[4]。"

注释：

1 固：巩固。 2 对课：旧时学习词句和准备做诗的一种方法。 3 东翁：旧时塾师、幕友对主人的敬称。 4 养儿待老：即养儿防老。

请先生

一师惯谋[1]人馆，被冥王访知，着夜叉[2]拿来。师躲在门内不出。鬼卒设计哄骗曰："你快出来，有一好馆请你。"师闻有馆，即便趋出，被夜叉擒住。先生曰："看你这鬼头鬼脑，原不像个请先生的。"

注释：

1 谋：夺取。 2 夜叉：民间传说中阴间独有的鬼怪，是阴间的鬼差。

骂先生

一人见稳婆[1]姿色美，欲诱之，乃假妆[2]妇人将产，请来收生[3]，稳婆摸着此物，大惊曰："我收生多年矣，有头先生者，名为顺生；脚先生者，名为倒生；手先生者，名为横生。这个髫髻先生[4]，实是不曾见过。"

注释：

1 稳婆：旧时以接生为业的妇女。 2 假妆：假扮。 3 收生：接生。 4 先生：与尊称人的"先生"同音，一语双关。

兄弟延师

有兄弟两人，共延一师，分班供给[1]。每交班，必互嫌师瘦，怪供给之不丰。于是兄弟相约，师轮至日，即秤斤两，以为交班肥瘦之验。一日，弟将交师于兄，乃令师饱食而去，既上秤，师偶撒一屁，乃咎之曰："秤上买卖，岂可轻易撒出！说不得原替我吃了下去。"

注释：

1 供给：提供餐食。

读破句[1]

庸师惯读破句，又念白字[2]。一日训徒，教《大学序》，念云："大学之，书古之，大学所以教人之。"[3]主人知觉，怒而逐之。复被一荫官[4]延请入幕，官不识律令[5]，每事询之馆师。一日，巡捕拿一盗钟者至，官问："何以治之？"师曰："夫子之道（盗）忠（钟），恕而已矣。"[6]官遂释放。又一日，获一盗席者至，官又问，师曰："朝闻道（盗）夕（席），死可矣。"[7]官即将盗席者立毙杖下。适冥王私行，察访得实，即命鬼判[8]拿来，痛骂曰："不通的畜生！你骗人馆谷[9]，误人子弟，其罪不小，摘往轮回[10]去变猪狗。"师再三哀告曰："做猪狗固不敢辞，但猪要判生南方，狗乞做一母狗。"王问何故，答曰："南方之（音'猪'），强与北方之（音'猪'）。"[11]又问："母狗为何？"答曰："《曲礼》云：'临财毋（母）苟（狗）得，临难毋苟免。'"

注释：

1 破句：指在不该断句的地方读断或点断。 2 白字：误写或误读的字。 3 原句为"大学之书，古之大学所以教人之法也"。 4 荫官：凭上代功勋而获得的官职。 5 律令：律度法令、法规。 6 出自《论语·里仁》，原句为"夫子之道，忠恕而已矣"。 7 出自《论语·里仁》，原句为"朝闻道，夕死可矣"。 8 鬼判：传说中冥司的衙吏、杂差。 9 馆谷：借指塾师的束脩。 10 轮回：佛家认为世间众生莫不辗转生死于六道之中，生死像轮子旋转的过程。 11 此句出自《礼记·中庸》，原为："南方之强与？北方之强与？"吴语"之"与"猪"同音。

退束脩[1]

一师学浅，善读别字，主人恶之，与师约，每读一别字，除脩一分。至岁终，退除将尽，止余银三分，封送之。师怒曰："是何言兴（与），是何言兴（与）！"主人曰："如今再扣二分，存银一分矣。"东家母在傍曰："一年辛苦，半除也罢。"先生近前作谢曰："夫人不言，言必有中。"[2]主人曰："恰好连这一分，干净拿进去。"

注释：

1束脩：送给教师的报酬。脩，古时称干肉。 2出自《论语》，原句中"夫"本为语气词，这里"夫人"指东家母。

赤壁赋[1]

庸师惯读别字。一夜，与徒讲论前后《赤壁》两赋，竟念"赋"字为"贼"字。适有偷儿[2]潜伺窗外，师乃朗诵大言曰："这前面《赤（作'拆'字）壁贼》呀。"贼大惊，因思前面既觉，不若往房后穿逾[3]而入。时已夜深，师讲完往后房就寝。既上床，复与徒论后面《赤壁赋》，亦如前读。偷儿在外叹息曰："我前后行藏，悉被此人识破。人家请了这样先生，看家狗都不消养得了！"

注释：

1赤壁赋：北宋文学家苏轼所写的散文，分为《前赤壁赋》与《后赤壁赋》两篇。 2偷儿：小偷。 3逾：越过。

於戏[1]左读[2]

有蒙训[3]者，首教《大学》，至"於戏，前王不忘"句，竟如字读之。主曰："误矣，宜读作'呜呼'。"师从之。至冬间，读《论语》注"傩虽古礼而近於戏"[4]，乃读做"呜呼"。主人曰："又误矣，此乃'於戏'也。"师大怒，诉其友曰："这东家甚难理会。只‘於戏’两字，从年头直与我拗到年尾。”

注释：

1 於戏：感叹词，可独立成句，表示赞美、称颂或感叹。可译为“啊”“呀”“唉呀”等。 2 左读：误读。 3 蒙训：教育儿童。多指旧时学塾对儿童进行启蒙教育。 4 此句意思为：傩戏虽然是古代仪式，但与戏曲相近。

中酒[1]

一师设教[2]，徒问：“‘大学之道’，如何讲？”师佯醉曰：“汝偏拣醉时来问我。”归与妻言之。妻曰：“‘大学’是书名，‘之道’是书中之道理。”师颔[3]之。明日，谓其徒曰：“汝辈无知，昨日乘[4]醉便来问我；今日我醒，偏不来问，何也？汝昨日所问何义？”对以“大学之道”。师如妻言释之。弟子又问：“‘在明明德’如何？”师遽[5]捧额曰：“且住[6]，我还中酒在此。”

注释：

1 中酒：醉酒。 2 设教：办学。 3 颔：点头。 4 乘：趁着，就着。 5 遽：急忙。 6 且住：暂止。犹言慢着。

教法

主人怪师不善教，师曰：“汝欲我与令郎俱死耶？”主人不解，师曰：“我教法已尽矣，只除非要我钻在令郎肚里去，我便闷杀[1]，令郎便胀杀[2]。”

注释：

1 闷杀：闷死。 2 胀杀：胀死。

浇其妻妾

人家请一馆师，书房逼近内室[1]。一日课徒，读"譬如四时之错行"[2]句，注曰："错，犹迭[3]也。"东家母听见，嗔[4]其有意戏狎，诉于主人。主人不通书解，怒欲逐之。师曰："书义如此，汝自不解耳，我何罪焉？"遂迁馆于厅楼，以避啰唣。一日，东家妻妾游于楼下，师欲小便不得，乃从壁间溺[5]之。不意淋在妻妾头上，复诉于主人。主因思前次孟浪[6]怪他，今番定须考证书中有何出典。乃左右翻释，忽大悟曰："原来在此，不然，几被汝等所误矣。"问："有何凭据？"主曰："施施从外来，骄（浇）其妻妾。"[7]

注释：

1 内室：里屋。 2 语出《中庸章句》。 3 迭：更迭。 4 嗔：怪罪。 5 溺：撒尿。 6 孟浪：鲁莽，莽撞。 7 语出《孟子·离娄下》。

先生意气

主人问先生曰："为何讲书再不明白？"师曰："兄是相知的，我胸中若有不讲出来，天诛地灭！"又问："既讲不出，也该坐定些？"答云："只为家下[1]不足，故不得不走。"主人云："既如此，为甚供给略淡泊[2]，就要见过？"先生毅然变色曰："若这点意气没了，还像个先生哩！"

注释：

1 家下：谦称自己的家庭、自己家中。 2 淡泊：清淡寡味。

梦周公[1]

一师昼寝，而不容学生瞌睡。学生诘之，师谬[2]言曰："我乃梦周公也。"明昼，其徒亦效之，师以戒方[3]击醒曰："汝何得如此？"徒曰："亦往见周公耳。"师曰："周公何语？"答曰："周公说，昨日并不曾见尊师。"

注释：

1 周公：姓姬名旦，周文王第四子，武王的弟弟，著名的政治家，曾两次辅佐周武王东伐纣王，并制作礼乐，天下大治。因其采邑在周，爵为上公，故称周公。 2 谬：诈伪，装假。 3 戒方：旧时对学童施行体罚的木尺。

猫逐鼠

一猫捕鼠，鼠甚迫，无处躲避，急匿在竹轿杠中。猫顾之，叹云："看你管（馆）便进得好，这几个节[1]如何过得去！"

注释：

1 节：明言竹节，暗指节日，一字双关。

问　馆

乞儿制一新竹筒，众丐沽酒[1]称贺。每饮毕，辄呼曰："庆新管酒干。"一师正在觅馆，偶经过闻之，误听以为庆新馆也，急向前揖之曰："列位既有了新馆，把这旧馆让与学生罢！"

注释：

1 沽酒：买酒。

闲 荡

一女将下教场点兵，中军官以马肾伸长不雅，各将竹管一个，预套阳物于内。及女将至，一马跳跃，脱去竹筒，阳物翘然挂于腹下。女将究问，中军禀曰："那件东西，凡有管的，都在管里。这个失了管（馆）的，所以在此闲荡。"

改 对

训蒙先生出两字课与学生对，曰："马嘶。"一徒对曰："鹏奋。"师曰："好，不须改得。"徒揖而退。又一徒曰："牛屎。"师叱曰："狗屁！"徒亦揖而欲行，师止之曰："你对也不曾对好，如何便走？"徒曰："我对的是牛屎，先生改的是狗屁。"

挞 徒

馆中二徒，一聪俊，一呆笨。师出夜课，适庭中栽有梅树，即指曰："老梅。"一徒见盆内种柏，应声曰："小柏。"师曰："善。"又命一徒："可对好些。"徒曰："阿爹。"师以其对得胡说，怒挞其首。徒哭曰："他小柏（伯）不打，倒来打阿爹。"

我不如

一先生出外坐馆，离家日久，偶见狗练，叹曰：“我不如也。”

濽[1] 粪

师在田间散步，见乡人挑粪灌菜。师讶曰：“菜是人吃的，如何泼此秽物在上？”乡人曰：“相公只会看书，不晓我农家的事。菜若不用粪浇，便成苦菜矣。”一日东家以苦菜膳师，师问：“今日为何菜味甚苦？”馆僮曰：“因相公嫌龌龊[2]，故将不浇粪的菜请相公。”师曰：“既如此，粪味可盐，拿些来待我濽濽吃罢。”

注释：

1 濽：音读赞，借用为蘸。 2 龌龊：肮脏，污秽。

咬 饼

一蒙师见徒手持一饼，戏之曰：“我咬个月湾[1]与你看。”既咬一口，又曰：“我再咬个定胜[2]与你看。”徒不舍，乃以手掩之，误咬其指，乃呵曰：“没事，没事，今日不要你念书了。家中若问你，只说是狗夺饼吃，咬伤的。”

注释：

1 月湾：弯月。 2 定胜：古代棺材和盖接缝处所用木楔。

想船家

教书先生解馆归，妻偶谈及“喷嚏鼻子痒，有人背地讲”。夫曰：“我在学堂内也常常打嚏的。”妻曰：“就是我在家想你了。”及开年，仍赴东家馆，别妻登舟。船家被初出太阳搐鼻，连打数嚏。师顿足曰：“不好了，我才出得门，这婆娘就在那里看想船家了！”

叔叔

师向主人极口赞扬其子：“沉潜聪慧，识字通透，堪为令郎伴读。”东曰：“甚好。”师归谓其子曰：“明岁带你就学，我已在东翁前夸奖，只是你秉性痴呆，一字不识。”因写“被”“饭”“父”三字，令其熟记，以备问对。及到馆后，主人连试数字，无一知者。师曰：“小儿怕生，待我写来，自然会识。”随写“被”字问之，子竟茫然。师曰：“你床上盖的是甚么？”答曰：“草荐[1]。”师又写“饭”字与认，亦不答。曰：“你家中吃的是甚么？”曰：“麦粞[2]。”又写“父”字与识，子曰：“不知。”师忿怒曰：“你娘在家同何人睡的？”答曰：“叔叔。”

注释：

1 草荐：草垫子，草席。 2 麦粞：麦磨成的粗粉。

是我

一师值清明放学，率徒郊外踏青[1]。师在前行，偶撒一屁，徒曰：“先生，清明鬼叫了。”先生曰：“放狗屁！”少顷[2]，大雨倾盆，田间一瓦，为水淹没，仅露其背。徒又指谓先生曰："这像是个乌龟。"师曰："是瓦（音'我'）。"

注释：

1踏青：清明节前后郊野游览的习俗。旧时并以清明节为踏青节。 2少顷：一会儿，片刻。

问　藕

上路先生携子出外，吃着鲜藕，乃问父曰："爹，来个沙东西，竖搭起竟似烟囱，横搭着好像泥笼，捏搭手里似把湾弓，嚼搭口里醒松醒松，已介甜水浓浓，咽搭落去蜘蛛丝绊住子喉咙，从来勿曾见过？"其父怒曰："呆奴，呆奴！个就是南货[1]店里包东包西的大（读'土'音）叶个根结么。"

注释：

1南货：南方所产的货物。与"北货"相对。后多特指南方所产的食物。

屎在口头

学生问先生曰："'屎'字如何写？"师一时忘却，不能回答，沉吟片晌曰："咦，方才在口头，如何再说不出。"

村　牛

一士善于联句[1]，偶同友人闲步，见有病马二匹卧于城下。友即指而问曰："闻兄捷才[2]，素善作对，今日欲面[3]领教。"士曰："愿闻。"友出题曰："城北两只病马。"士即对曰："江南一个村牛。"

注释：

1联句：古代作诗方式之一。由两人或多人各成一句或几句，合而成篇。 2捷才：才思敏捷。 3面：当面。

瘟　牛

经学先生出一课与学生对曰："隔河并马。"学生误认"并"字为"病"字，即应声曰："过江瘟牛。"

歪　诗[1]

一士好做歪诗。偶到一寺前，见山门上塑赵玄坛[2]喝虎像，士即诗兴勃发，遂吟曰："玄坛菩萨怒，脚下踏个虎（音'座'）。傍立一判官，嘴上一脸垩。"及到里面，见殿宇巍峨，随又续题曰："宝殿雄哉大（音'度'），大佛归中坐。文殊骑狮子，普贤骑白兔。"僧出见曰："相公诗才敏妙，但韵脚[3]欠妥。小僧回奉一首何如？"士曰："甚好。"僧念曰："出在山门路，撞着一瓶醋。诗又不成诗，只当放个破（音'屁'）。"

注释：

1歪诗：指内容、技巧低劣或以游戏态度草率而成的诗。也用作自己诗作的谦称。 2赵玄坛：神名。名朗，字公明。传说能驱雷役电，除瘟禳灾，主持公道，求财如意。故旧时各地有玄坛庙，民间奉为财神。 3韵脚：成韵的诗文中押韵的句末字。

咏钟诗

有四人自负能诗。一日，同游寺中，见殿角悬钟一口，各人诗兴勃然，遂联句一首。其一曰："寺里一口钟。"次韵云："本质原是铜。"三曰："覆转像只碗。"四曰："敲来嗡嗡嗡。"吟毕，互相赞美不置口[1]，以为诗才敏捷，无出其右。"但天地造化之气，已泄尽无遗，定夺我辈寿算[2]矣。"四人忧疑，相聚环泣。忽有老人自外至，询问何事，众告以故。老者曰："寿数固无碍，但各要患病四十九日。"众问何病，答曰："了膀骨痛！"

注释：

1 不置口：不停口。 2 寿算：寿数，年寿。

老童生

老虎出山而回，呼肚饥。群虎曰："今日固不遇一人乎？"对曰："遇而不食。"问其故，曰："始遇一和尚，因臊气不食。次遇一秀才，因酸气不食。最后一童生来，亦不曾食。"问："童生何以不食？"曰："怕咬伤了牙齿。"[1]

注释：

1 此句暗讽童生年老骨硬。

认拐杖

县官考童生，至晚，忽闻鼓角喧闹。问之，门子禀曰："童生拿差了拐杖，在那里争认。"

拔 须

童生拔须赶考，对镜恨曰：“你一日不放我进去，[1]我一日不放你出来！”

注释：

1 此句意思指中秀才。

未 冠[1]

童生有老而未冠者，试官问之，以“孤寒[2]无网”对。官曰：“只你嘴上胡须剃下来，亦勾结网矣。”对曰：“童生也想要如此，只是新冠是桩喜事，不好带得白网巾。”

注释：

1 未冠：没戴帽子。 2 孤寒：家境贫寒无依。

术业部

医　官

医人买得医官札付[1]者，冠带[2]而坐于店中。过者骇曰："此何店，而有官在内？"傍人答曰："此医官之店（嘲衣冠之玷）。"

注释：

1 札付：官府上行下的文书，多指手谕。　2 冠带：官家装束。指头戴官帽，身着官服。

冥王访名医

冥王遣鬼卒访阳间名医，命之曰："门前无冤鬼者即是。"鬼卒领旨，来到阳世。每过医门，冤鬼毕集。最后至一家，见门首独鬼徬徨，曰："此可以当名医矣。"问之，乃昨日新竖药牌者。

抬　柩[1]

一医生医死人，主家愤甚，呼群仆毒打。医跪求至再，主曰："私打可免，官法[2]难饶。"即命送官惩治。医畏罪，哀告曰："愿雇人抬往殡殓[3]。"主人许之。医苦家贫，无力雇募，家有二子，夫妻四人共来抬柩。至中途，医生叹曰："为人切莫学行医。"妻咎夫曰："为你行医害老妻。"幼子云："头重脚轻抬不起。”长子曰：“爹爹，以后医人拣瘦的。”

注释：

1柩：装着尸体的棺材。 2官法：国家的法规、法度、法律。 3殡殓：入殓和出殡。

医　人

有送医士出门，犬适拦门而吠，主人喝之即止。医赞其能解人意，主曰：“虽则畜生，倒也还会依（医）人。”

跳蚤药

一人卖跳蚤药，招牌上写出“卖上好蚤药”。问：“何以用法？”答曰：“捉住蛇蚤，以药涂其嘴，即死矣。”

医　屁

一人患病，医家看脉云：“吃了药，腹中定响，当走大便，不然，定撒些屁。”少顷，坐中忽闻屁声，医曰：“如何？”客应云：“是小弟撒的。”医曰：“也好。”

医按院

一按台患病，接医诊视，医惊持畏缩，错看了手背。按院大怒，责而逐之。医曰：“你打便打得好，只是你脉息俱无了。”

愿脚踢

樵夫[1]担柴，误触医士。医怒，欲挥拳。樵夫曰："宁受脚踢，勿动尊手。"傍人讶之，樵者曰："脚踢未必就死，经了他手，定然难活。"

注释：

1 樵夫：打柴的人。

锯箭竿

一人往观武场，飞箭误中其身，迎外科治之。医曰："易事耳。"遂用小锯截其外竿，即索谢辞去。问："内截如何？"答曰："此是内科的事。"

怨算命

或见医者，问以生意何如，答曰："不要说起，都被算命先生误[1]了，嘱我有病人家不要去走。"

注释：

1 误：耽搁。

包殡殓

有医死人儿，许以袖归[1]殡殓，其家恐见欺，命仆随之。至一桥上，忽取儿尸掷之河内。仆怒曰："如何抛了我家小舍[2]？"医曰："非也。"因举左袖曰："你家的在这里。"

注释：

1袖归：放在袖子里带回去。 2小舍：“小舍人”的省称。宋元以来，世俗尊称贵显子弟为“舍人”。

送 药

一医迁居，谓四邻曰：“向来打搅，无物可做别敬，每位奉药一帖。”邻舍辞以无病，医曰：“但吃了我的药，自然会生起病来。”

补 药

一医止宿病家，夜半屎急不便，乃出于一箱格中，闭之。晨起，主人请用药，偶欲抽视此格，医坚执不许。主人问是何药，答曰：“我自吃的补药在内。”

药 户

一乡人与城里人同行，见一妓女。乡人问：“是谁家宅眷[1]？”城里人曰：“此乐户[2]也。”乡人曰：“原来就是开药[3]店的家婆[4]。”

注释：

1宅眷：家眷，家属。多指女眷。 2乐户：旧时妓院的别称。 3药：方言音同“乐”。 4家婆：妻子，主妇。

取 名

有贩卖药材，离家数载，其妻已生下四子。一日夫归，问众子何来，妻曰："为你出外多年，我朝暮思君，结想成胎，故命名俱暗藏深意：长是你乍[1]离家室，宿舟沙畔，故名宿砂；次是你远乡作客，我在家志念[2]，故名远志；三是料你置货完备，合当归家，故唤当归；四是连年盼你不到，今该返回故乡，故唤茴香。"夫闻之，大笑曰："依你这等[3]说来，我再在外几年，家里竟开得一爿[4]山药[5]铺了。"

注释：

1 乍：刚。 2 志念：借指思念、想念。 3 这等：这般，此类。4 爿：量词，用于商店、工厂等。 5 山药：野生药材。

索　谢

一贫士患腹泻，倩[1]医调治，谓医曰："家贫不能馈[2]药金[3]，医好之日，奉请一醉。"医从之。服药而愈，恐医索谢，诈言腹泻未止。一日，医者伺其大便，随往验之。见撒出者俱是干粪，因怒指而示之曰："撒了这样好粪，如何还不请我？"

注释：

1 倩：请，恳求。 2 馈：支付。 3 药金：医药费。

包　活[1]

一医药死人儿，主家诟[2]之曰："汝好好殡殓我儿罢了，否则讼之于官。"医许以带归处置，因匿儿于药箱中。中途又遇一家邀去，启箱用药，误露儿尸。主家惊问，对曰："这是别人医杀了，我带去包活的。"

注释：

1 包活：包管治活。 2 诟：辱骂。

退 热

有小儿患身热[1]，请医服药而死，父请医家咎之。医不信，自往验视，抚儿尸谓其父曰："你太欺心[2]，不过要我与他退热，今身上幸已冰凉的了，倒反来责备我。"

注释：

1 身热：发烧。 2 欺心：使坏心眼。

僵 蚕[1]

一医久无生理[2]，忽有求药者至，开箱取药，中多蛀虫。人问："此是何物？"曰："僵蚕。"又问："僵蚕如何是活的？"答曰："吃了我的药，怕他不活？"

注释：

1 僵蚕：中药名。家蚕幼虫因感染白僵菌而致死的干燥体。2 生理：生意。

看 脉[1]

有医坏人者，罚牵麦[2]十担。牵毕，放归。次日，有叩门者曰："请先生看脉。"医应曰："晓得了，你先去淘净在那里，我就来牵也。"

注释：

1 脉：音同“麦”。 2 牵麦：拉磨磨麦。

医女接客

医生、妓女、偷儿三人，死见冥王，王问生前技术。医士曰：“小人行医，人有疾病，能起死回生。”王怒曰：“我每常差鬼卒勾提罪人，你反与我把持抗衡，可发往油锅受罪。”次问妓女，妓曰：“接客。人没妻室者，与他解渴应急。”王曰：“方便孤身，延寿一纪。”再问偷儿，答曰：“做贼。人家晾晒衣服，散放银钱，我去替他收拾些。”王曰：“与人分劳代力，也加寿十年，发转阳世。”医士急忙哀告曰：“大王若如此判断，只求放我还阳。家中尚有一子一女，子叫他去做贼，女就叫他接客便了。”

大方打幼科[1]

大方脉[2]采住小儿科痛打，傍人劝曰：“你两个同道中，何苦如此？”大方脉曰：“列位有所不知，这厮可恶得紧。我医的大人俱变成孩子与他医，[3]谁想他医的孩子，一个也不放大来与我医。[4]”

注释：

1 幼科：儿科。 2 大方脉：诊治成人的专科。 3 此句意指将大人全部治死。旧时认为人死了可以托生。 4 此句意指将小孩全部治死。

幼科

富家延二医，一大方，一幼科。客至，问："二位何人？"主人曰："皆名医。"又问："那一科？"主人曰："这是大方，这个便是小儿。"

小犬窠[1]

有人畜一金丝小犬，爱同珍宝，恐其天寒冻坏，内外各用小棉褥铺成一窠，使其好睡。不意此犬一日竟卧于儿篮[2]内，主人见之，大笑曰："这畜生好作怪，既不走内窠，又不往外窠，倒钻进小儿窠（科）里去了。"

注释：

1 窠：动物的巢穴。　2 儿篮：婴儿的摇篮。

骂

一医看病，许以无事[1]。病家费去多金，竟不起[2]，因恨甚，遣仆往骂。少顷归，问："曾骂否？"曰："不曾。"问："何以不骂？"仆答曰："要骂要打的人多紧在那里，叫我如何挨挤得上？"

注释：

1 无事：安然无恙。　2 不起：病不能愈。

赔

一医医死人儿，主家欲举讼[1]，愿以己子赔之。一日，医死人

［明］佚名（传戴进）《太平乐事册页》之《捕鱼》

［明］佚名（传戴进）《太平乐事册页》之《娱乐》

仆，家止一仆，又以赔之。夜间又有叩门者云："娘娘[2]产里病[3]，烦看。"医私谓其妻曰："淘气！那家想必又看中意你了。"

注释：

1举讼：进行控告。 2娘娘：称主妇。 3产里病：分娩时得病。

吃白药[1]

有终日吃药而不谢医者，医甚憾之。一日，此人问医曰："猫生病，吃甚药？"曰："吃乌药。""然则狗生病，吃何药？"曰："吃白药。"

注释：

1白药：中药成药，由几种药味研成的一种白色粉末。此处指白吃药不给钱。

游　水

一医生医坏人，为彼家所缚。夜半逃脱，赴水遁归。见其子方读《脉诀》[1]，遽谓曰："我儿，读书尚缓，还是学游水要紧。"

注释：

1《脉诀》：医学书籍，宋代崔嘉彦作，主要论述脉学。

阴阳先生[1]

昔一人患膀胱偏坠之症，请医调治。医曰："外肾左边属阳，右边属阴，今偏于一边，却是阴阳不和之故耳。”其人问曰：“既是左属阳，右属阴，不知中间危坐[2]者唤作何名？”医笑曰：“此是看阴阳的先生。”

注释：

1 阴阳先生：即阴阳生，旧指以星相、占卜、相宅、相墓、圆梦等为业的人。 2 危坐：古人以两膝着地，耸起上身为“危坐”，即正身而跪，表示严肃恭敬。后泛指正身而坐。

阴阳生

从来人堕水淹死，飘浮水面，覆者是男，仰者是女。一日，有尸从河内侧身汆[1]来者。人见之，皆道奇怪：“若是女，一定仰，而男则覆转。今此人侧起，男女未知孰是。”傍一人曰：“此必是个阴阳生耳。”

注释：

1 汆：漂浮。

法　家[1]

无赖子怒一富翁，思所以倾其家而不得。闻有茅山道士[2]法力最高，往诉恳之。道士曰：“我使天兵阴诛此翁。”答曰：“其子孙仍富，吾不甘也。”曰：“然则，吾纵天火焚其室庐。”答曰：“其田土犹存，吾不甘也。”道士曰：“汝仇深至此乎？吾有一至宝，赐汝持去，朝夕供奉拜求，彼家自然立耗矣。”其人喜甚，请而观之。封缄甚密，启视，则纸做成笔一枝也。问：“此物有何神通？”道士曰：“你不知我法家作用耳。这纸笔上，不知破了多少人家矣。”

注释：

1法家：此处指包揽诉讼或专写状词之人。2茅山道士：来源于道教的“茅山宗”一派。茅山宗的弟子就被统称为“茅山道士”。

相[1] 相[2]

有善相者，扯一人要相。其人曰：“我倒相着你了。”相者笑云：“你相我何如？”答曰：“我相你决是相不着[3]的。”

注释：

1相：指观察相貌，预言命运好坏的方术。 2相：相貌。3不着：指预测不灵、不中。

不 着[1]

街市失火，延烧百余户。有星相[2]二家欲移物以避，旁人止之曰：“汝两家包管不着，空费[3]搬移。”星相曰：“火已到矣，如何说这太平话？”曰：“你们从来是不着的，难道今日反会着起来？”

注释：

1不着：不会着火。一语双关。 2星相：指星相家。 3空费：白费。

写 真[1]

有写真者，绝无生意。或劝他将自己夫妻画一幅行乐[2]贴出，人见方知。画者乃依计而行。一日，丈人来望，因问："此女是谁？"答云："就是令爱[3]。"又问："他为甚与这面生[4]人同坐？"

注释：

1 写真：画人的肖像。 2 行乐：即"行乐图"，谓做游玩消遣状的人像图画，或径指肖像画。 3 令爱：称对方女儿的敬词。 4 面生：面貌生疏。

胡须像

一画士[1]写真既就[2]，谓主人曰："请执途人[3]而问之，试看肖[4]否？"主人从之，初见一人问曰："那一处最像？"其人曰："方巾最像。"次见一人，又问曰："那一处最像？"其人曰："衣服最像。"及见第三人，画士嘱之曰："方巾、衣服都有人说过，不劳再讲，只问形体何如？"其人踌躇[5]半晌，曰："胡须最像。"

注释：

1 画士：画家，画匠。 2 既就：完毕。 3 途人：路上行人。 4 肖：相似，像。 5 踌躇：犹豫，迟疑不决。

讳输棋

有自负棋高[1]，与人角[2]，连负三局。次日，人问之曰："昨日较棋几局？"答曰："三局。"又问："胜负何如？"曰："第一局我不曾赢，第二局他不曾输，第三局我本等要和，他不肯罢了。"

注释：

1 棋高：棋艺高超。 2 角：较量。

好[1] 棋

一人以好棋破产，因而为小偷，被人缚住。有相识者，见而问之，答云："彼请我下棋，嗔我棋好，遂相困耳。"客曰："岂有此理？"其人答曰："从来棋高一着，缚手缚脚。"

注释：

1 好：喜爱。

银匠偷

一人生子，虑其难养，请一星家算命。星士曰："关煞[1]倒也没得，大来[2]运限[3]俱好，只是四柱[4]中犯点贼星，不成正局[5]。"那人曰："不妨，只要养得大，就叫他学做银匠。"星士曰："为何？"答曰："做了银匠，那日不偷几分养家活口？"

注释：

1 关煞：旧时星命家用语。谓命中注定的灾难。 2 大来：长大。 3 运限：指注定的命运。 4 四柱：旧时星相家以人出生的年、月、日、时为四柱，合四柱之干支为八字。 5 正局：比喻能担当大事的人。

利心[1]重

银匠开铺三日，绝无一人进门。至暮，有以碎银二钱来倾[2]

者，乃落[3]其半，倾作对充与之。其人大怒，谓其利心太重。银匠曰："天下人的利心，再没有轻过如我的。开了三日店，止落得一钱，难道自己吃了饭，三分一日，你就不要还了？"

注释：

1 利心：利欲之心。 2 倾：熔铸。 3 落：私吞。

有进益[1]

一翁有三婿，长裁缝，次银匠，惟第三者不学手艺，终日闲游。翁责之曰："做裁缝的，要落几尺就是几尺。做银匠的，要落几钱就是几钱。独汝游手好闲，有何结局？"三婿曰："不妨。待我打一把铁撬，撬开人家库门，要取论千论百，也是易事，稀罕他几尺几钱！"翁曰："这等说，竟是贼了。"婿曰："他们两个，整日落人家东西，难道不是贼？"

注释：

1 进益：收入。

裁 缝

时年大旱，太守命法官[1]祈雨。雨不至，太守怒，欲治之，法官禀云："小道本事平常，不如其裁缝最好。"太守曰："何以见得？"答曰："他要落几尺就是几尺。"[2]

注释：

1 法官：对道士的尊称。 2 此处一语双关，指裁缝私落客户布料。

不下剪

缝匠裁衣，反覆量久，不肯下剪。徒弟问其故，答曰："有了他的，便没有了我的。有了我的，又没有了他的。"

要　尺

一裁缝上厕坑，以尺插墙上，便完忘记而去。随[1]有一满洲人登厕，偶见尺，将腰刀挂在上面。少顷，裁缝转来取尺，见有满人，畏而不前，观望良久。满人曰："蛮子[2]，你要甚么？"答曰："小的要尺。"满人曰："咱囚攮的[3]，屙也没有屙完，你就要吃（尺）！"

注释：

1 随：随即。　2 蛮子：古时满族人对汉族人的称呼。带有轻视的意思。　3 囚攮的：骂人的词。

木　匠

一匠人装门闩，误装门外，主人骂为"瞎贼"。匠答曰："你便瞎贼！"主怒曰："我如何倒瞎？"匠曰："你若有眼，便不来请我这样匠人。"

待　诏[1]

一待诏初学剃头，每刀伤一处，则以一指掩之。已而伤多，不胜其掩。乃曰："原来剃头甚难，须得千手观音来才好。"

注释：

1 待诏：理发师。

篦头[1]

篦头者被贼偷窃。次日，至主顾[2]家做生活，主人见其戚容[3]，问其故。答曰："一生辛苦所积，昨夜被盗。仔细想来，只当替贼篦了一世头耳。"主人怒而逐之。他日另换一人，问曰："某人原是府上主顾，如何不用？"主人为述前言，其人曰："这样不会讲话的，只好出来弄卵。"

注释：

1 篦头：理发师。 2 主顾：顾客。 3 戚容：忧伤的面色。

头嫩

一待诏替人剃头，才举手，便所伤甚多。乃停刀辞主人曰："此头尚嫩，下不得刀。且过几时，姑俟其老老再剃罢。"

取耳[1]

一待诏为人看耳，其人痛极，问曰："左耳还取否？"曰："方完，次及左矣。"其人曰："我只道就是这样取过去了。"

注释：

1 取耳：掏取耳垢。与文中"看耳"同义。

同　行

有善刻图书[1]者，偶于市[2]中唤人修脚。脚已脱矣，修者正欲举刀，见彼袖中取出一袱，内裹图书刀数把。修者不知，以为剔脚刀也，遂绝然而去。追问其故。则曰："同行中朋友，也来戏弄我。"

注释：

1 刻图书：用雕版印刷术印制书籍。　2 市：集市。

偷　肉

厨子往一富家治酒[1]，窃肉一大块，藏于帽内。适为主人窥见，有意作耍他拜揖[2]，好使帽内肉跌下地来。乃曰："厨司务[3]，劳动[4]你，我作揖[5]奉谢。"厨子亦知主人已觉，恐跌出不好看相[6]。急跪下曰："相公若拜揖，小人竟下跪。"

注释：

1 治酒：置办酒食。　2 拜揖：打躬作揖。　3 厨司务：大厨师。　4 劳动：劳驾，麻烦。　5 作揖：两手抱拳高拱，身子略弯，表示向人敬礼。　6 看相：样子。

卖淡酒

一家做酒，颇卖不去，以为家有耗神。请一先生烧楮[1]退送，口念曰："先除鹭鸶，后去青鸾。"主人曰："此二鸟你退送他怎的？"先生曰："你不知，都吃亏这两只禽鸟会下水，[2]遣退了他，包你就卖得去！"

注释：

1 楮：祭祀时焚烧的纸钱。 2 此句暗指酒中兑水。

三名斩

朝廷新开一例，凡物有两名者充军，三名者斩。茄子自觉双名，躲在水中。水问曰："你来为何？"茄曰："避朝廷新例。因说我有两名，一名茄子，一名落苏。"水曰："若是这等，我该斩了：一名水，二名汤，又有那天灾人祸的放了几粒米，把我来当酒卖。"

酒 娘[1]

人问："何为叫做酒娘？"答曰："糯米加酒药成浆[2]便是。"又问："既有酒娘，为甚没有酒爷？"答曰："放水下去，就是酒爷。"其人曰："若如此说，你家的酒，是爷多娘少的了。"[3]

注释：

1 酒娘：即酒酿，在蒸熟的糯米中加入酒曲，然后放在封闭的罐中发酵而成的食品。也叫"江米酒"。 2 浆：比较浓的液体。 3 此处暗讽酒中加水。

走 作[1]

一店中酿[2]方熟，适有带巾者过，揖入使尝之。尝毕曰："竟有些像我。"店主知其秀才也，谢去之。少焉，一女子过，又使尝之。女子亦曰："像我。"店主曰："方才秀才官人说'像我'，是酸意了，你也说‘像我’，此是为何？”女子曰：“无他，只是有些走作。”

注释：

1 走作：走样或超出规范。 2 酿：指酒。

着　醋[1]

有卖酸酒者，客上店，谓主人曰：“肴只腐菜[2]足矣，酒须要好的。”少顷，店主问曰：“菜中可要着醋？”客曰：“醋滴菜心甚好。”又问曰：“腐内可要放些醋？”客曰：“醋烹豆腐也好。”再问曰：“酒内可要着醋否？”客讶曰：“酒中如何着得醋？”店主攒眉[3]曰：“怎么处[4]？已着下去了。”

注释：

1 着醋：放醋。 2 腐菜：豆腐和青菜。 3 攒眉：皱起眉头。 4 怎么处：怎么办。

酸　酒

一酒家招牌上写：“酒每斤八厘，醋每斤一分。”两人入店沽酒，而酒甚酸。一人咂舌攒眉曰：“如何有此酸酒，莫不把醋错拿了来？”友人忙捏其腿曰：“呆子，快莫做声，你看牌面上写着醋比酒更贵着哩！”

炙　坛

有以酸酒饮客[1]者，个个攒眉，委吞不下。一人嘲之曰：“此酒我有易他良法，使他不酸。”主人曰：“请教。”客曰：“只将酒坛覆转向天，底上用艾火连炙七次，明日拿起，自然不酸。”主曰：“岂不倾去漏干了？”客曰：“这等酸酒，不倾去要他做甚！”

注释：

1 饮客：用酒食待客。

形体部

愁穷

有胡子愁穷，一友谑之曰："据兄家事，不下二千金，何以过愁若此？"胡者曰："二千金何在？"友曰："兄面上现有千七百了，难道令正处，便没有须私房[1]？"

注释：

1 私房：个人私下的积蓄。

胡瘌杀

或看审囚回，人问之，答曰："今年重囚[1]五人，俱有色认[2]：一痴子，一颠子，一瞎子，一胡子，一瘌痢[3]。"问如何审了，答曰："只胡子与瘌痢吃亏，其余免死。"又问何故，曰："只听见问官说：痴弗[4]杀，颠弗杀，一眼弗杀，胡子搭瘌杀。"

注释：

1 重囚：犯有重罪的囚犯。 2 色认：记号。 3 瘌痢：黄癣，生在人头上的一种皮肤病。又名"秃疮"。 4 弗：不。

抛　猫[1]

道士、和尚、胡子三人过江，忽遇狂风大作，舟将颠覆。僧、道慌甚，急把经卷掠入江中，求神救护。而胡子无可掷得，惟将胡须逐根拔下，投于江内。僧、道问曰："你拔胡须何用？"其人曰："我在此抛毛（猫）。"

注释：

1 抛猫：即抛锚。此指下锚于水中使船停稳。

通　谱[1]

有一人须长过腹，人见之，无不赞为美髯[2]。偶一日，遇见风鉴先生[3]，请他一相。相者曰："可惜尊髯短了些。"其人曰："我之须已过腹，人尽赞羡，为何反嫌其短？"相者曰："若再长得寸许，便好与下边通谱了。"

注释：

1 通谱：同姓的人互认为同族。　2 髯：泛指胡子。　3 风鉴先生：相面的人。

联　宗[1]

胡须与眉毛曰："当今世情浇薄，必要帮手相助，我已与鬓毛连矣。看来眼前高贵，惟二位我们俱在头面，联了甚好。"眉曰："承不弃微末[2]，但我根基浅薄，何不往下路孔家前门，一带茂林，旗杆底下联的更好？"

注释：

1 联宗：同姓而没有宗族关系的人联成一个族。 2 微末：卑微低贱。用作谦词。

一般[1]胡

两人聚论："《论语》一书，皆讲胡子。开章就说：'不亦悦乎？''不亦乐乎？''不亦君子乎？'这三个都是好胡[2]；'为人谋而不忠乎？''与朋友交而不信乎？''传不习乎？'这三个是不好胡；'君子者乎？''色壮者乎？'这两个胡一好一不好。"或问："使乎！使乎！"答曰："上面的胡与下面的胡，总是一般。"

注释：

1 一般：一样，同样。 2 胡：音近"乎"，下同。

稀胡子

一稀胡子要相面，相士云："尊相虽不大富，亦不至贫。"胡者云："何以见得？"相士曰："看公之须，比上不足，比下有余。"

出须药

一光脸自觉无须，非丈夫气，持银往医肆[1]，求买出须药。适医生他出[2]，医妻忽传一方云："可将尿脬[3]一个打气，每日放嘴边滚撞，自然就长出来。"医归，问出何典，妻曰："医者，意也。我前日初嫁你时，一根也没得，被你的脬撞过不多几时，即长出恁一脸胡须来。"

注释：

1 医肆：医馆。 2 他出：外出，往其他地方。 3 尿脬：膀胱的俗称。

问有猫

一妇患病，卧于楼上，延医治之。医适买鱼归，途遇邀之而去，遂置鱼于楼下。登楼诊脉，忽想起楼下之鱼，恐被猫儿偷食，因问："下面有猫（毛）否？"母在傍曰："我儿要病好，先生问你，可老实说了罢。"妇答曰："多是不多，略略有几根儿。"

胡答嘲

颜回、子路、伯鱼[1]三人私议曰："夫子惟胡[2]，故开口不脱'乎'字。"颜子曰："他对我说：'回也，其庶乎。'[3]"子路曰："他对我说：'由也，诲汝知之乎！'[4]"伯鱼曰："我家尊[5]对我也说：'汝为《周南》[6]《召南》[7]矣乎？'[8]"孔子在屏后闻之，出责伯鱼曰："回是个短命，由是个不得其死[9]的，说我胡也罢了。你是我的儿子，如何也来说我老子？"

注释：

1 伯鱼：即孔鲤，字伯鱼。孔子的儿子。 2 胡：音同"乎"。 3 此句孔子点评颜回学问、道德都好。4 此句意为：仲由啊，我教给你如何求知吧。 5 家尊：对人称自己的父亲。 6《周南》：《诗·国风》之一。 7《召南》：《诗·国风》之一。 8 此句孔子询问伯鱼：你学习《周南》《召南》了吗？ 9 不得其死：不得善终。

光屁股

有上司面胡[1]者，与光脸属吏[2]同饭[3]。上台[4]须间偶带米糁[5]，门子跪下禀曰："老爷龙须上一颗明珠。"官乃拂去。属吏回衙，责备门子："你看上台门子何等伶俐，汝辈愚蠢，不堪重用！"一日，两官又聚会吃面，属吏方举箸[6]动口，有未缩进之面挂在唇角。门子急跪下曰："小的禀事。"问禀何事，答曰："爷好张光净屁股，多了一条蛔虫挂在外面。"

注释：

1 面胡：满脸胡须。 2 属吏：下属的官吏。 3 同饭：一同吃饭。 4 上台：上司，上官。 5 米糁：米粒。 6 箸：筷子。

亲 爷[1]

有妻甫受孕而夫出外经商者，一去十载，子已年长，不曾识面。及父归家，突入妻房，其子骤见，乃大喊曰："一个面生胡子，大胆闯入母亲房里来了！"其母曰："我儿勿做声，这胡子正是你的亲爷。"

注释：

1 亲爷：亲爹。

无须狗

一税官瞽目[1]者，恐人骗他，凡货船过关，必要逐一摸验，方得放心。一日，有贩羊者至。规例[2]羊有税，狗无税，尽将羊角锯去，充狗过关。官用手摸着项下胡须，乃大怒曰：“这些奴才，明来骗我。明明是一船羊，狗是何曾出须的！”

注释：

1 瞽目：瞎眼。 2 规例：常规惯例。

没须屁股

一公领孙溪中洗澡，孙拿得一虾，或前跳，或却走[1]。孙问公曰：“前赶后退，后赶前行，不知何处是头，何处是尾？”公答曰：“有须的是头，没须的是屁股。”

注释：

1 却走：退避；退走。

拔须去黑

一翁须白，令姬妾拔之。妾见白者甚多，拔之将不胜其拔，乃将黑者尽去。拔讫，翁引镜自照，遂大骇，因咎其妾。妾曰：“难道少的倒不拔，倒去拔多的？”

黄　须

一人须黄，每于妻前自夸：“黄须无弱汉，一生不受人欺。”一日出外，被殴而归，妻引前言笑之。答曰：“那晓得那人的须，竟是通红的。”

老面皮

或问：“世间何物最硬？”曰：“石头与钢铁。”其人曰：“石可碎，铁可錾[1]，安得为硬？以弟看来，惟兄面上髭须最硬，铁石总不如也。”问其故，答曰：“看老兄这副厚脸皮，竟被他钻了出来。”那有须者回嘲曰：“足下面皮更老，这等硬须还钻不透！”

注释：

1 錾：在金石上雕刻。

截　长

夫问妻曰：“此物还是长的好，短的好？”妻实喜长，而故应之曰：“短的好。”夫曰：“这等我的太长，不如截去一段。”持刀便砍。妻发急[1]，止之曰：“虽则长了些，却是父母生就的遗体，一毫也动不得。”

注释：

1 发急：着急。

长卵叹气

一官到任，出票[1]要唤兄弟三人，一胖子、一长子、一矮子备用，异姓者不许进见。一家有兄弟四人，仅有一胖三矮，私相计议曰：“四人之中，胖矮俱有，单少一长人，只得将二矮缝一长裤，两人接起充作长人，便觉全备。”如计行之。官见大喜，簪花[2]劳酒[3]。三人一时荣宠，下矮压得受苦，在内哓哓[1]，大有怨词。官听见，问：“下面甚响？”众慌禀曰：“这是长卵叹气。”

注释：

1 出票：张贴告示。 2 簪花：谓插花于冠。 3 劳酒：设宴。 4 哓哓：吵嚷。

矮子看灯

矮子看灯，适一人小便，竟往腿下钻过。观见厥物，赞曰："好盏绣球灯，为何不点烛？"其人溺完，将尿滴在矮子头上，以手摸曰："不好，快回去，大点雨打下来了！"

亲 嘴

一矮子新婚，上床连亲百余嘴。妇问其故，答曰："我下去了，还有半日不得上来哩。"

扇 坠

有持大扇者，遇矮子，戏以扇置其头曰："欲借兄权[1]作扇坠耳。"矮子大怒，骂曰："肏娘贼！若拿我做扇坠，我就兜心一脚踢杀你！"

注释：

1 权：暂且，姑且。

搁 浅[1]

矮人乘舟出游，因搁浅，自起撑之。失手坠水，水没过项。矮人起而怒曰："偏我搁浅搁在深处。"

注释：

1 搁浅：船舶进入水浅处无法航行。

瞽 笑

一瞽者与众人同坐，众人有所见而笑，瞽者亦笑。众问之曰："汝何所见而笑？"瞽者曰："列位所笑，定然不差，难道是骗我的？"

被 打

二瞽者同行，曰："世上惟瞽者最好。有眼人终日奔忙，农家更甚，怎如得我们心上清闲。"众农夫窃听之，乃伪为官过，谓其失于回避，以锄把各打一顿而呵之去。随复窃听之，一瞽者曰："毕竟是瞽者好，若是有眼人，打了还要问罪哩！"

吃螺蛳

有盲子暑月食螺蛳，失手堕一螺肉在地。低头寻摸，误捡鸡屎放在口里，向人曰："好热天气，东西才落下地，怎就这等臭得快！"

响不远

盲子夫妇同睡，妻暗约一人与之交合。夫问曰："何处作欢响？"妻云："想是间壁[1]，不要管他。"少顷，又响，瞽者曰："蹊跷[2]，此响光景[3]不远。"

注释：

1间壁：隔壁。 2蹊跷：奇怪，可疑。 3光景：大概。表推测之意。

兄弟认匾

兄弟三人皆近视，同拜一客。堂上悬“遗清堂”一匾，伯[1]曰：“主人原来患此病，不然，何以取‘遗精室’也?”仲[2]细看良久，曰：“非也。想主人好道，故名‘道情堂’耳。”二人争论不已，以季弟[3]目力[4]更好，使辨之。乃张目眈视[5]半晌，曰：“汝两人皆妄，上面安得有匾?”

注释：

1伯：兄弟排行次序，指老大。 2仲：兄弟排行的老二。3季弟：最小的弟弟。 4目力：视力。 5眈视：注视。

金漆盒

一近视出门，见街头牛屎一大堆，认为路人遗下的盒子，随用双手去捧，见其烂湿，乃叹曰：“好个盒子，只可惜漆水[1]未干。”

注释：

1漆水：油漆。

问 路

一近视迷路，见道傍石上栖歇一鸦，疑是人也，遂再三诘之。少顷，鸦飞去，其人曰：“我问你不答应，你的帽子被风吹去了，我也不对你说。”

噀[1]面

一乡人携鹅入市，近视见之，以为卖布者，连呼“买布”。乡人不应，急上前揿住鹅尾，逼而视之。鹅忽撒屎，适喷其面。近视怒曰：“不卖就罢，值得这等发急，就噀起人来！”

注释：

1 噀：含在口中而喷出。

乌云接日

近视者赴宴，对席一胡子吃火朱柿，即起别主人曰：“路远告辞。”主曰：“天色甚早。”答云：“恐天下雨，那边乌云接日头哩。”

鼻影作枣

近视者拜客，主人留坐待茶[1]。茶果吃完，视茶内鼻影，以为橄榄也，捞摸不已。久之忿极，辄用指撮起，尽力一咬，指破血出。近视乃仔细认之，曰：“啐[2]！我只道是橄榄，却原来是一个红枣。”

注释：

1 待茶：请客人喝茶。　2 啐：叹词。表示轻蔑。

虾　酱[1]

一乡人挑粪经过，近视唤曰："拿虾酱来。"乡人不知，急挑而走。近视赶上，将手握粪一把，于鼻上闻之，乃骂道："臭已臭了，什么奇货，还要这等行情！"

注释：

1 虾酱：用磨碎的小虾制成的一种酱类食品。

疑　蛋

一近视见鲰鱼，疑为鸭蛋，握之而腹瘪。讶曰："如何小鸭出得恁快，蛋壳竟瘪下去了。"

拾蚂蚁

近视者行路，见蚂蚁摆阵，疏密成行，疑是一物，因掬[1]而取之。撮之不起，乃叹息曰："可惜一条好线，毁烂得蹙蹙[2]断了。"

注释：

1 掬：用两手捧。　2 蹙蹙：皱缩貌。

捡银包

有近视新岁出门，拾一爆竹，错认他人遗失银包也，且喜新年发财，遂密藏袖内。至夜，乃就灯启视，药线[1]误被火燃，立时作响。方在吃惊，傍一聋子抚其背曰："可惜一个花棒槌，无缘无故，如何就是这样散了。”

注释：

1 药线：引线。

漂白眼[1]

一漂白眼与赤鼻头[2]相遇，谓赤鼻者曰：“足下想开染坊，大费本钱，鼻头都染得通红。”赤鼻答曰：“不敢也，只浅色而已。怎如得尊目，漂白得有趣。”

注释：

1 漂白眼：眼白过多的眼睛。 2 赤鼻头：酒糟鼻。

聋 耳

一医者耳聋，至一家看病女。人问：“莲心吃得否？”医者曰：“面筋发病，是吃不得的。”病女曰：“是莲肉。”医者曰：“就是盐肉，也要少吃些。”病女曰：“先生耳朵是聋的。”医曰：“若是里股[1]是红的，只怕要生横痃[2]，倒要脱开来，待我看看好用药。”

注释：

1 股：大腿。 2 横痃：腹股沟淋巴结肿胀。

呵 欠

一耳聋人探友，犬见之，吠声不绝，其人茫然不觉。入见主人，揖毕告曰：“府上尊犬，想是昨夜不曾睡来。”主问：“何以见得？”答曰：“见了小弟，只是打呵欠。”

火　症

一聋子望客，雨中见狗吠不止，乃叹曰：“此犬犯了火症，枯渴[1]得紧，只管开口接水吃哩。”

注释：

1 枯渴：干渴。

讳聋哑

聋哑二人，各欲自讳[1]。一日，聋见哑者，恳其唱曲。哑者知其聋也，乃以嘴唇开合，而手拍板作按节[2]状。聋者侧听良久，见其唇住，即大赞曰：“妙绝，妙绝！许久不听佳音，今番一发更进[3]了。”

注释：

1 自讳：忌讳本人的缺陷。 2 按节：击节，打拍子。 3 更进：长进。

屁股麻

俗云：“脚麻，以草柴贴眉心，即止。”一人遍贴额上。人问：“为何？”答曰：“我屁股通麻了。”

麻卵袋

文宗[1]岁试唱名，吏善读别字，第一名郁进徒，错唤曰“都退后”。诸生闻之，皆山崩往后而退。次名潘传采，又错唤“番转来”，诸生又跑上前。宗师[2]大怒，逐之。第三名林卯伐，上前谢曰：“多谢大宗师，若不斥逐此人，则生员必唤做麻卵袋了。”

注释：

1 文宗：明清时称提学、学政为文宗。亦用以尊称试官。

2 宗师：明清时对提督学道、提督学政的尊称。

麻子咬卵

粜[1]芝麻者，见一秀才经过，问：“相公要买麻子否？”士答曰：“我读书人，要麻子来咬卵！”

注释：

1 粜：卖粮食。

赤　鼻

一官经过，有赤鼻者在傍，皂隶喝曰：“老爷专要拿吃酒的，还不快走！”其人无处躲闪，只得将鼻子塞进人家板缝中。官已过，里面人看见骂曰：“这人不达时务，外面多少毛厕[1]，如何倒向人家屋里来撒尿！”

注释：

1 毛厕：茅厕，厕所。

齆鼻[1]狗

黄鼠狼遇狗追逐，即撒屁以触其鼻。有雄鼠觅食田间，被一犬逐之，鼠狼连放数屁，逐之愈甚。乃竭力跑脱，至穴诉之雌鼠。雌鼠曰："汝防身屁何在？"曰："连撒数屁，全然不理。"雌鼠曰："我知道了，决然[2]是个齆鼻狗。"

注释：

1 齆鼻：鼻塞。 2 决然：必然，必定。

齆鼻请酒

甲乙俱齆鼻。甲设席不能治柬，画秤、尺、箸帚各一件。乙见之，便意会曰："秤（请）尺（吃）帚（酒）。"乙答柬，画蜈蚣一条，斧一把。甲见之，点头曰："蜈（无）蚣（工）斧（夫）。"

鼻耐性

人患口臭，一友问曰："别人也罢，亏你自家鼻头，如何过了？"旁人代答曰："做了他的鼻头，随你臭极，也只索耐性跟他。"

蒜治口臭

一口臭者问人曰："治口臭有良方乎？"答曰："吃大蒜极好。"问者讶其臭，曰："大蒜虽臭，还臭得正路。"

臭瘌痢[1]

北地产梨甚佳。北人至南，索梨食不得，南人因进萝卜，曰："此敝乡土产之梨也。"北人曰："此物吃下，转气就臭，味又带辣，只该唤他做臭辣梨[2]。"

注释：

1 瘌痢：黄癣，生在人头上的一种皮肤病。2 辣梨：音同"癞痢"。

残疾婿

一家有三婿，俱带残疾。长是瘌痢，次淌鼻脓，又次患疯癞。翁[1]一日请客，三婿在坐，恐其各露本相，观瞻不雅，嘱咐俱要收敛。三人唯唯[2]。至中席[3]，各人忍耐不住，长婿曰："适从山上来，撞见一鹿，生得甚怪。"众问何状，瘌痢头疮痒甚，用拳满首击曰："这边一个角，那边一个角，满头生了无数角。"其次鼻涕长流，正无计揩抹，随应声曰："若我见了，拽起弓来，'棚[4]'的一箭。"急将右手作挽弓状，鼻间一拂，涕尽拭去。三癞子浑身发痒难禁，忙将身背牵耸曰："你倒胆大，还要射他！把我见了，几乎吓杀，几乎吓杀。"

注释：

1 翁：岳父。 2 唯唯：恭敬的应答声。3 中席：饮宴之间。4 棚：音同"嘭"，象声词。

鸲　舌

有涩舌[1]者，俗云鸲口是也。来到市中买桐油[2]，向店主曰："我要买桐桐桐……"，"油"字再说不出口。店主取笑曰："你这人倒会打铜鼓的，何不再敲通铜锣与我听？"鸲者怒曰："你不要当当当面来腾腾腾倒[3]刮刮刮削[4]我。"

注释：

1涩舌：口吃。　2桐油：油桐果实榨出的油。　3腾倒：折腾。　4刮削：挖苦，取笑。

过桥嚏

一乡人自城中归，谓其妻曰："我在城里打了无数喷嚏。"妻曰："皆我在家想你之故。"他日挑粪过危桥，复连打数嚏，几乎失足。乃骂曰："骚花娘，就是思量[1]我，也须看甚么所在！"

注释：

1思量：思念。

争　坐

眼与眉毛曰："我有许多用处，你一无所能，反坐在我的上位。"眉曰："我原没用，只是没我在上，看你还像个人哩！"

直　背

一瞎子、一矮子、一驼子吃酒争座，各曰："说得大话的便坐头一位。”瞎子曰：“我目中无人，该我坐。”矮子曰：“我不比常（长）人，该我坐。”驼子曰：“不要争，算来你们都是直背（侄辈），自然该让我坐。”

驼　叔

有驼子赴席，泰然上坐。众客既齐，自觉不安，复趋下谦逊。众客曰：“驼叔请上坐，直（侄）背（辈）怎敢！”

善　屁

有善屁者，往铁匠铺打铁搭[1]，方讲价，连撒十余屁。匠曰：“汝屁直恁多，若能连撒百个，我当白送一把铁搭与你。”其人便放百个，匠只得打成送之。临出门，又撒数十屁，乃谓匠曰：“算不得许多。这几个小屁，乞我几只钯头钉罢。”

注释：

1 铁搭：农具名。有 4 至 6 个略向里弯的铁齿。用于刨土。

祖师殿

祖师殿中忽闻屁臭，众人互推不认，乃推祖师曰：“汝为正祖，受十方香火，如何撒屁？”祖师惊起辩曰：“尚有四将，何独推我？”四将亦辩曰：“尚有龟、蛇。”蛇曰：“我肚小撒不出，定是这个乌龟！”

一说祖师辩曰：“尚有四将。”四将互相推卸。关圣傍立关平曰：“撒屁的定然脸红。”关圣大怒曰：“你是我的儿子，也来冤屁我！”

认屁

一女善屁。新婚随嫁一妪[1]一婢，嘱以认屁遮羞。临拜堂[2]，忽撒一屁，顾[3]妪曰：“这个老妈无体面[4]！”少顷，又撒一屁，顾婢曰：“这个丫头恁可恶！”随后又二屁，左右顾而妪婢俱不在，无可说得，乃曰：“这张屁股没正经。”

注释：

1 妪：年老的女人。 2 拜堂：旧式婚礼，新郎新娘一起参拜天地、双亲，夫妻对拜，也说拜天地。 3 顾：看。 4 体面：体统，规矩。

屁婢

一婢偶于主人前撒了一屁，主怒，欲挞之。见其臀甚白，不觉动火，非但免责，且与之狎[1]。明日，主在书房，忽闻叩门声，启户[2]视之，乃昨婢也。问来为何，答曰：“我适才[3]又撒一屁矣。”

注释：

1 狎：戏谑，狎玩。 2 户：门。 3 适才：刚才。

鏨头

数人同舟，有撒屁者，众疑一童子，共鏨其头。童子哭曰：“阿弥陀佛。别人打我也罢了，亏那撒屁的乌龟，担得这只手起，

［明］佚名（传戴进）《太平乐事册页》之《戏耍》

［明］佚名（传戴进）《太平乐事册页》之《试射》

也来打我！”

路上屁

昔有三人行令，要上山见一古人，下山又见一古人，半路见一物件，后句要总结前后二句。一人曰：“上山遇见狄青[1]，下山遇见李白[2]，路上拾得一瓶酒，不知是清酒是白酒。”一人曰：“上山遇见樊哙[3]，下山遇见赵盾[4]，路上拾得一把剑，不知是快剑是钝剑。”一人云：“上山遇见林放[5]，下山遇见贾岛[6]，路上拾得一个屁，不知是放的屁、岛[7]的屁。”

注释：

1 狄青：北宋名将。 2 李白：唐代诗人。 3 樊哙：西汉名将。 4 赵盾：即赵宣子，春秋时期晋国卿大夫。 5 林放：春秋时著名学者。 6 贾岛：唐代诗人。 7 岛：音同“捣”。

贼　屁

穿窬[1]躲在人家床底，忽撒一屁甚响。夫骂妻，妻云：“你撒了屁，倒来冤屈我！”争闹不已。贼无奈，只得出来招认曰：“这屁其实是贼放的。”

注释：

1 穿窬：打洞穿墙行窃。此处指小偷。

吃　屁

酒席间有人撒屁者，众人互相推卸。内一人曰：“列位请各饮一杯，待小弟说了罢。”众饮讫，其人曰：“此屁实系小弟撒的。”众人不服，曰：“为何你撒了屁，倒要我们众人吃！”

桌面响

一人方陪客，偶撒一屁。自觉愧甚，欲掩饰之，乃假将指头擦桌面作响声。客曰：“还是第一声像得紧。”

田鸡叫

甲乙两亲家母会亲[1]，乙偶撒一屁，甲问曰：“亲家母，甚[2]响？”乙恐不雅，答曰：“田鸡叫。”甲曰：“为甚能臭？”乙曰：“死的呀。”又问：“适才会叫，如何是死的？”乙曰：“叫了就死的。”

注释：

1 会亲：一种旧时风俗，结婚后男家女家互邀亲属相见。
2 甚：什么。

不　嘿[1]

各行酒令，要嘿饮。席中有撒屁者，令官[2]曰：“不嘿，罚一杯。”其人曰：“是屁响。”令官曰：“又不嘿，再罚一杯。”举坐为之大笑。令官曰：“通座皆不嘿，各罚一杯。”

注释：

1 嘿：即默。不说话，不出声。 2 令官：宴会上主持行酒令的人。

怕冷

或问："世间何物不怕冷？"曰："鼻涕，天寒即出。"又问："何物最怕冷？"曰："屁，才离窟臀[1]，又向鼻孔里钻进。"

注释：

1 窟臀：屁股。

大乳

一妇人两乳极大，每用抹胸束之。一日，忘紧抹胸，偶出见人。人怪而问曰："令郎是几时生的？"妇曰："还不曾产育。"人问曰："既不是令郎，你胸前袋的是甚么？"

抓背

老翁续娶一妪，其子夜往窃听，但闻连呼"快活"，频叫"爽利"。子大喜曰："吾父高年，尚有如此精力，此寿征[2]也。"再细察之，乃是命妪抓背。

注释：

1 寿征：长寿的征兆。

善生虱

有善生虱者，自言一年止生十二个虱。诘其故，曰："我身上的虱，真真一月（音'捏'）一个。"

小　卵

一人命妻做鞋而小，怒曰：“你当小不小，偏小在鞋子上面！”妻亦怒曰：“你当大不大，偏大在这只脚上！”

殊禀部

善　忘

一人持刀往园砍竹，偶腹急，乃置刀于地，就园中出恭[1]。忽抬头曰："家中想要竹用，此处倒有许多好竹，惜未带得刀来。"解毕，见刀在地，喜曰："天随人愿，不知那个遗失这刀在此。"方择竹要斫，见所遗粪，便骂曰："是谁狗肏的，阿[2]此脓血，几乎躧[3]了我的脚。"须臾[4]抵家，徘徊门外曰："此何人居？"妻适见，知其又忘也，骂之。其人怅然[5]曰："娘子颇有些面善，不曾得罪，如何开口便骂？"

注释：

1出恭：解大便。　2阿：即屙。　3躧：踩，踏。　4须臾：片刻。　5怅然：因不如意而感到不痛快。

恍　惚

三人同卧，一人觉腿痒甚，睡梦恍惚，竟将第二人腿上竭力抓爬，痒终不减，抓之愈甚，遂至出血。第二人手摸湿处，认为第三人遗溺[1]也，促之起。第三人起溺，而隔壁乃酒家，榨酒声滴沥[2]不止，以为己溺未完，竟站至天明。

注释：

1 溺：小便。 2 滴沥：流滴。

作 揖

两亲家相遇于途，一性急，一性缓。性缓者长揖至地，口中谢曰："新年拜节奉扰[1]，元宵观灯又奉扰，端午看龙舟，中秋玩月，重阳赏菊，节节奉扰，未曾报答，愧不可言。"及说毕而起，已半晌矣。性急者苦其太烦，早先避去。性缓者视之不见，问人曰："敝亲家是几时去的？"人曰："看灯之后，就不见了，已去大半年矣！"

注释：

1 奉扰：敬词，即打扰。

爇[1] 衣

一最性急，一最性缓，冬日围炉聚饮。性急者衣坠炉中，为火所燃，性缓者见之从容谓曰："适有一事，见之已久，欲言恐君性急，不言又恐不利于君，然则言之是耶，不言是耶？"性急者问以何事，曰："火烧君裳。"其人遽曳[2]衣而起，怒曰："既然如此，何不早说？"性缓者曰："外人道君性急，不料果然。"

注释：

1 爇：烧。 2 曳：拉，牵引。

卖弄

一亲家新置一床，穷工极丽[1]，自思："如此好床，不使亲家一见，枉自埋没[2]。"乃假装有病，偃卧[3]床中，好使亲家来望。那边亲家做得新裤一条，亦欲卖弄，闻病欣然往探。既至，以一足架起，故将衣服撩开，使裤现出在外，方问曰："亲翁[4]所染何症，而清减[5]至此？"病者曰："小弟的贱恙，却像与亲翁的心病一般。"

注释：

1 穷工极丽：工艺复杂，华丽非凡。 2 埋没：显露不出来。 3 偃卧：睡卧。 4 亲翁：亲家公。 5 清减：消瘦。

品茶

乡下亲家进城探望，城里亲家待以松罗[1]泉水茶。乡人连声赞曰："好，好。"亲翁以为彼能格物[2]，因问曰："亲家说好，还是茶叶好，还是水好？"乡人答曰："热得有趣。"

注释：

1 松罗：即松萝，茶名。因产于安徽休宁县松萝山，故名。 2 格物：推究事物之理。

出像

乡下亲家到城里亲家书房中，将文章揭看，摇首不已。亲家说："亲翁无有得意[1]的么？"答云："正是。看了半日，并没有一张佛像在上面。"

注释：

1得意：满意。

刚执

有父子性刚，平素不肯让人。一日，父留客饭，命子入城买肉。子买讫，将出城门，值一人对面而来，各不相让，遂挺立良久。父寻至见之，谓子曰："汝快持肉回去，待我与他对立看。"

应急

主人性急，仆有过犯[1]，连呼："家法[2]！"不至，跑躁[3]愈甚。家人曰："相公莫恼，请先打两个巴掌，应一应急着。"

注释：

1过犯：过错。 2家法：旧时家长责打子女、奴婢的用具。 3跑躁：谓精神失去控制。

掇[1]桶

一人留友夜饮，其人蹙额[2]坚辞。友究其故，曰："实不相瞒，贱荆[3]性情最悍，尚有杩子桶[4]未倒，若归迟，则受累[5]不浅矣。"其人攘臂[6]而言曰："大丈夫岂有此理！把我便……"其妻忽出，大喝曰："把你便怎么？"其人即双膝跪下曰："把我便掇了就走！"

注释：

1掇：拾取。 2蹙额：皱眉。 3贱荆：谦称自己妻子。 4杩子桶：旧时木制马桶。　5受累：受到牵累。　6攘臂：捋起衣袖，伸出胳膊。常形容激奋貌。

正夫纲

众怕婆者，各受其妻惨毒，纠合十人，歃血盟誓，互为声援。正在酬神[1]饮酒，不想众妇闻知，一齐打至盟所。九人飞跑惊窜，惟一人危坐不动。众皆私相佩服曰："何物乃尔[2]，该让他做大哥。"少顷妇散，察之，已惊死矣。

注释：

1酬神：祭谢神灵。　2乃尔：犹言如此。

请下操[1]

一武弁惧内[2]，面带伤痕。同僚谓曰："以登坛发令之人，受制于一女子，何以为颜[3]？"弁曰："积弱所致，一时整顿不起。"同僚曰："刀剑、士卒，皆可以助兄威。候其咆哮时，先令军士披挂[4]，枪戟林立，站于两傍，然后与之相拒[5]。彼摄[6]于军威，敢不降服？"弁从之。及队伍既设，弓矢[7]既张，其妻见之，大喝一声曰："汝装此模样，将欲何为？"弁闻之，不觉胆落[8]，急下跪曰："并无他意，请奶奶赴教场下操。"

注释：

1下操：指出操。　2惧内：怕老婆。　3颜：脸面。　4披挂：穿戴盔甲。　5相拒：抵挡，抵抗。　6摄：通"慑"，畏惧。　7弓矢：弓箭。　8胆落：犹丧胆。形容恐惧之甚。

虎　势[1]

有被妻殴，往诉其友，其友教之曰："兄平昔懦弱[2]惯了，须放些虎势出来。"友妻从屏后闻之，喝曰："做虎势便怎么？"友惊跪曰："我若做虎势，你就是李存孝[3]。"

注释：

1 虎势：形容威武或勇猛的样子。　2 懦弱：柔弱，软弱。3 李存孝：唐末至五代著名的猛将。据传曾打虎救父。

访　类[1]

有惧内者，欲访其类，拜十弟兄。城中已得九人，尚缺一个，因出城访之。见一人掇马桶出，众齐声曰："此必是我辈也。"相见道相访之意，其人摇手曰："我在城外做第一个倒不好，反来你城中做第十个？"

注释：

1 访类：寻访同类。

吐绿痰

两惧内者，皆以积忧成疾，一吐红痰，一吐绿痰，因赴医家疗治。医者曰："红痰从肺出，犹可医；绿痰从胆出，不可医，归治后事可也。"其人问由胆出之故，对曰："惊碎了胆，故吐绿痰，胆既破了，如何医得？"

理旧恨

一怕婆者，婆既死，见婆像悬于柩侧，因理旧恨，以拳拟[1]之。忽风吹轴动，忙缩手大惊曰："我是取笑作耍。"

注释：

1 拟：比划，做打的样子。

敕 书[1]

一官置妾，畏妻，不得自由，怒曰："我只得奏一本去。"乃以黄袱[2]裹绫历[3]一册，从外擎[4]回，谓妻曰："敕旨[5]在此。"妻颇畏惧。一日夫出，私启视之，见"正月大，二月小"，喜云："原来皇帝也有大小[6]。"看"三月大，四月小"："倒分得均匀。"至"五月大、六月大、七月大"，"八月"数月"小"，乃大怒云："有这样不公道[7]的皇帝，凉爽天气，竟被他[8]占了受用，如何反把热天都派与我？"

注释：

1 敕书：皇帝慰谕公卿、诫约朝臣的文书之一。 2 袱：包裹或覆盖用的布单。 3 绫历：以黄绫做封面的日历。 4 擎：举。 5 敕旨：帝王的诏旨。 6 大小：指正室与小妾。 7 公道：公平，公正。 8 他：指小妾。

吃梦中醋

一惧内者，忽于梦中失笑。妻摇醒曰："汝梦见何事，而得意若此？"夫不能瞒，乃曰："梦娶一妾。"妻大怒，罚跪床下，起寻家法杖[1]之。夫曰："梦幻虚情，如何认作实事?"妻曰："别样梦许你做，这样梦却不许你做的。"夫曰："以后不做就是了。"妻曰："你在梦里做，我如何得知?"夫曰："既然如此，待我夜夜醒到天明，再不敢睡就是了。"

注释：

1 杖：用棍打。

葡萄架倒

有一吏惧内，一日被妻挞[1]碎面皮。明日上堂，太守见而问之，吏权词[2]以对曰："晚上乘凉，被葡萄架倒下，故此刮破了。"太守不信，曰："这一定是你妻子挞碎的，快差皂隶拿来。"不意奶奶在后堂潜听[3]，大怒抢出堂外。太守慌谓吏曰："你且暂退，我内衙[4]葡萄架也要倒了。"

注释：

1 挞：用指或爪挠。 2 权词：随机应变之词。 3 潜听：偷听。 4 内衙：旧时衙门的内院。

捶碎夜壶

有病[1]其妻之吃醋，而相诉于友，谓："凡买一婢，即不能容，必至别卖[2]而后已[3]。"一友曰："贱荆更甚，岂但婢不能容，并不许置一美仆，必至逐去而后已。"傍又一友曰："两位老兄，劝你罢，像你老嫂还算贤慧。只看我房下[4]，不但不容婢仆，且不许擅买夜壶，必至捶碎而后已。"

注释：

1病：不满。 2别卖：转卖他人。 3已：止，罢了。 4房下：旧时对人称自己的妻妾。

手硬

有相士对人谈相云："男手如枪，女手如姜，一生吃不了米饭，穿不了衣裳。"一人喜曰："若是这等说，我房下是个有造化的。"人问："何以见得？"答曰："昨晚在床上，嫌我不能尽兴，被他打了一掌，今日还是辣渍渍的。"

呆郎

一婿有呆名[1]，舅指门前杨竿[2]问曰："此物何用？"婿曰："这树大起来，车轮也做得。"舅喜曰："人言婿呆，皆妄也。"及至厨下，见研酱擂盆，婿又曰："这盆大起来，石臼也做得。"适岳母撒一屁，婿即应声曰："这屁大起来，霹雳也做得。"

注释：

1有呆名：以痴呆闻名。 2杨竿：即杨榆，一种树。

痴婿

人家有两婿，小者痴呆，不识一字。妻曰："娣夫读书，我爹爹敬他，你目不识丁[1]，我面上甚不争气。来日我兄弟完姻[2]，诸亲聚会，识认几字，也好在人前卖嘴[3]。我家土库前，写'此处不许撒尿'六字，你可牢记，人或问起，亦可对答，便不敢欺你了。”呆子唯诺。至日，行至墙边，即指曰：“此处不许撒尿。”岳丈喜曰：“贤婿识字大好。”良久，舅姆[4]出来相见，裙上有销金[5]飞带，绣“长命富贵，金玉满堂”八字，坠于裙之中间。呆子一见，忙指向众人曰：“此处不许撒尿。”

注释：

1 目不识丁：连丁字都不识。形容人不识字或没有学问。2 完姻：完婚。 3 卖嘴：用说话来显示自己本领高。 4 舅姆：即舅母。 5 销金：嵌金色线。

呆 子

一呆子性极痴，有日同妻至岳家拜门，设席待之。席上有生柿水果，呆子取来，连皮就吃。其妻在内窥见，只叫得“苦呀”。呆子听得，忙答曰：“苦倒不苦，惹得满口涩得紧着哩。”

赞 马

一杭人[1]有三婿，第三者甚呆。一日，丈人新买一马，命三婿题赞[2]，要形容马之快疾，出口成文，不拘雅俗。长婿曰：“水面搁金针，丈人骑马到山阴[3]。骑去又骑来，金针还未沉。”岳丈赞好。次及二婿曰：“火上放鹅毛，丈人骑马到余姚[4]。骑去又骑来，鹅毛尚未焦。”再次轮到三婿，呆子沉吟半晌，苦无搜索。忽丈母撒一响屁，呆子曰：“有了。丈母撒个屁，丈人骑马到诸稽[5]。骑去又骑来，孔门[6]犹未闭。”

注释：

1 杭人：杭州人。 2 题赞：题写赞语或赞文。 3 山阴：浙江绍兴古县名。 4 余姚：今浙江余姚。 5 诸稽：即“诸暨”。今浙江诸暨。 6 孔门：肛门。

携冻水

一呆婿至妻家，留饭。偶吃冻水，美味，乃以纸裹数块，纳之腰间带归。谓妻曰：“汝父家有佳味，我特携来啖汝。”索之腰中，已消溶矣。惊曰：“奇！如何撒出了一脬尿，竟自逃走了。”

莫说是我

夫妇正行房事，忽丈母闯入，夫即仓皇躲避，嘱其妻曰：“丈母若问，千万莫说是我。”

不道[1]是你

新郎愚蠢，连朝不动，新人只得与他亲斗一嘴。其夫大怒，往诉岳母，母曰：“不要恼他，或者不道是你啰。”

注释：

1 不道：不知道。

只说是我

一丈人昼寝，以被蒙头。婿过床前，忽以手伸入被中，潜解其裤。丈人大惊，乃揭被视之，乃其婿也，诃责[1]不已。丈母来劝曰："你莫怪他，他不曾看得分明，只认是我了。"

注释：

1 诃责：厉声叱责。

丈母不该

女婿见丈人拜揖，遂将屁股一挖[1]。丈人大怒。婿云："我只道是丈母啰。"隔了一夜，丈人将婿责之曰："畜生，我昨晚整整思量了一夜，就是丈母，你也不该。"

注释：

1 挖：抓。

事发觉

一人奔走仓惶[1]，友问："何故而急骤[2]若此？"答曰："我十八年前干差了一事，今日发觉。"问："毕竟何事？"乃曰："小女出嫁。"

注释：

1 仓惶：同"仓皇"。匆促而慌张。　2 急骤：紧急。

父各爨[1]

有父子同赴席，父上坐，而子遥就对席者。同席疑之，问："上席是令尊[2]否？"曰："虽是家父，然各爨久矣。"

注释：

1 爨（cuàn）：烧火做饭。 2 令尊：称对方父亲的敬词。

烧令尊

一人远出，嘱其子曰："有人问你令尊，可对以家父有事出外，请进拜茶[1]。"又以甚呆恐忘也，书纸[2]付[3]之。子置袖中，时时取看。至第三日，无人来问，以纸无用，付之灯火。第四日，忽有客至，问："令尊呢？"觅袖中纸不得，因对曰："没了。"客惊曰："几时没的？"答曰："昨夜已烧过了。"

注释：

1 拜茶：请客人饮茶的敬词。 2 书纸：写于纸上。 3 付：交，给。

子守店

有呆子者，父出门，令其守店。忽有买货者至，问："尊翁[1]有么？"答曰："无。"又问："尊堂[2]有么？"亦曰："无。"父归知之，责其子曰："尊翁我也，尊堂汝母也，何得言无？"子懊怒曰："谁知你夫妇两人，都是要卖的！"

注释：

1 尊翁：称人之父，犹言尊公。 2 尊堂：对他人母亲的敬称。

活脱[1]话

父戒[2]子曰："凡人说话，放活脱些，不可一句说煞[3]。"子问："如何活脱？"时适有邻家来借物件。父指而教之曰："比如这家来借东西，看人打发，不可竟说多有，不可竟说多无，也有家里有的，也有家里无的，这便活脱了。"子记之。他日，有客到门问："令尊在家否？"答曰："我也不好说多，也不好说少，其实也有在家的，也有不在家的。"

注释：

1 活脱：灵活。 2 戒：告诫。 3 说煞：把话说死。

母猪肉

有卖母猪肉者，嘱其子讳之。已而买肉者至，子即谓曰："我家并非母猪肉。"其人觉之，不买而去。父曰："我已吩咐过，如何反先说起！"怒而挞之。少顷，又一买者至，问曰："此肉皮厚，莫非母猪肉乎？"子曰："何如！难道这句话，也是我先说起的？"

望孙出气

一不肖子[1]常殴其父，父抱孙不离手，爱惜愈甚。人问之曰："令郎不孝，你却钟爱令孙，何也？"答曰："不为别的，要抱他大来，好替我出气。"

注释：

1 不肖子：指品行不端或者德才不出众的儿女。

买酱醋

祖付孙钱二文，买酱油、醋。孙去而复回，问曰："那个钱买酱油？那个钱买醋？”祖曰：“一个钱酱油，一个钱醋，随分买，何消问得？”去移时[1]，又复转问曰：“那个碗盛酱油？那个碗盛醋？”祖怒其痴呆，责之。适子进门，问以何故，祖告之。子遂自去其帽，揪发乱打，父曰：“你敢是疯了？”子曰：“我不疯，你打得我的儿子，我难道打不得你的儿子？”

注释：

1 移时：一会。

劈　柴

父子同劈一柴，父执柯[1]，误伤子指。子骂曰：“老乌龟，汝眼瞎耶？”孙在傍见祖被骂，意甚不平，遂曰：“狗肏出的，父亲可是骂得的么？”

注释：

1 柯：斧子的柄。此代指斧子。

悟　到

一富家儿不爱读书，父禁[1]之书馆。一日，父潜伺窥其动静，见其子开卷吟哦[2]，忽大声曰：“我知之矣。”父意其有所得，乃喜而问曰：“我儿理会了么？”子曰：“书不可不看。我一向只道书是写成的，原来是刊板[3]印就的。”

注释：

1 禁：拘禁。　2 吟哦：有节奏地诵读。　3 刊板：即刊版。刻版或排版。

藏锄

夫在田中耦耕[1]，妻唤吃饭，夫乃高声应曰："待我藏好锄头，便来也！"乃归，妻戒夫曰："藏锄宜密。你既高声，岂不被人偷去？"因促之往看，锄果失矣。因急归，低声附其妻耳云："锄已被人偷去了。"

注释：

1 耦耕：二人并耕。后亦泛指农事或务农。

较岁

一人新育女，有以两岁儿来议亲[1]者，其人怒曰："何得欺我！吾女一岁，他子两岁，若吾女十岁，渠[2]儿二十岁矣，安得许此老婿！"妻谓夫曰："汝算差矣！吾女今年虽一岁，等到明年此时，便与彼儿同庚[3]，如何不许？"

注释：

1 议亲：说亲。 2 渠：他。 3 同庚：谓年龄相同。

拾簪[1]

一人在枕边拾得一簪，喜出望外。诉之于友，友曰："此不是兄的，定是尊嫂的，何喜之有？"其人答曰："便是不是弟的，又不是房下的，所以造化[2]。"

注释：

1 簪：簪子，用来别住头发的一种首饰。 2 造化：福分，好运气。

认鞋

一妇夜与邻人有私，夫适归，邻人逾窗而出。夫攫[1]得一鞋，骂妻不已。因枕鞋而卧，谓妻曰："且待天明，认出此鞋，与汝算账！"妻乘其睡熟，以夫鞋易去之。夫晨起复骂，妻使认鞋，见是自己的，乃大悔曰："我错怪你了，原来昨夜跳窗的倒是我。"

注释：

1 攫：抓。

记酒

有觞客[1]者，其妻每出酒一壶，即将锅煤画于脸上记数。主人索酒不已，童子[1]曰："少吃几壶罢，家主婆脸上，看看有些不好看了。"

注释：

1 觞客：飨宴宾客。　2 童子：古代指未成年的仆役。

狠干

苏人[1]遇一友云："昨日兄为何如此高兴，在家狠干。"友云："并不曾。"其人曰："我在府上亲听甚久，还要赖么？"友曰："骗兄非人，我昨日实实不在家里。"

注释：

1 苏人：苏州人。

奸睡

奸夫闻亲夫[1]归，急欲潜遁[2]，妇令其静卧在床。夫至，问："床上何人？"妻答云："快莫做声，隔壁王大爷被老娘打出来，权避在此。"夫大笑云："这死乌龟，老婆值得恁怕！"

注释：

1 亲夫：指合法的丈夫。　2 潜遁：暗逃。

杀妻

夫妻相骂，夫恨曰："臭娼根[1]，我明日做了皇帝，就杀了你。"妇日夜忧泣不止，邻女解之曰："那有此事，不要听他。"妇曰："我家这个臭乌龟倒从不说谎的，自养的儿女，前年说要卖，当真的旧年[2]都卖去了。"

注释：

1 娼根：詈词。犹言娼妓胚子。　2 旧年：去年。

盗牛

有盗牛被枷[1]者，亲友问曰："汝犯何罪至此？"盗牛者曰："偶在街上走过，见地下有条草绳，以为没用，误拾而归，故连此祸。"遇者曰："误拾草绳，有何罪犯？"盗牛者曰："因绳上还有一物。"人问："何物？"对曰："是一只小小耕牛。"

注释：

1 枷：用枷枷住。

籴[1] 米

有持银入市籴米，失叉袋[2]于途，归谓妻曰："今日市中闹甚，没得好叉袋也。"妻曰："你的莫非也没了？"答曰："随你好汉便怎么？"妻惊问："银子何在？"答曰："这倒没事，我紧紧拴好在叉袋角上。"

注释：

1 籴：买进粮食，与"粜"相对。 2 叉袋：袋口成叉角的麻袋或布袋。

在 行[1]

有行路者，对人门缝撒尿，为其家妇人看见，骂之不已。撒尿者曰："我还是个童男，不消[2]骂得。"妇曰："头多褪了一大截，还说甚么童男！"邻人笑曰："这一句话，却不该是娘子说的。"妇曰："他明明欺我不在行，如何不指破他？"

注释：

1 在行：内行。 2 不消：不必，无须。

呆 算

一人家费[1]纯用纹银[2]，或劝以倾销[3]八九色[4]杂用[5]，当有便宜。其人取元宝[6]一锭，托熔八成。或素知[7]其呆也，止倾四十两付之，而利[8]其余。其人问："元宝五十两，为何反倾四十？"答曰："五八得四十。"其人遽曰："吾为公误矣，用此等银反无便益[9]。"

注释：

1 家费：日常开销。 2 纹银：清代通行的一种标准银两。成色最佳。以大条银或碎银铸成，形似马蹄，表面有皱纹，故称"纹银"或"马蹄银"。 3 倾销：指熔铸金银。 4 八九色：指含银量为八九成。 5 杂用：掺杂使用。 6 元宝：大宝。状似中国鞋子的金锭或银锭，通常是银锭，从前在中国当作货币使用。金元宝重五两或十两，银元宝一般重五十两。此处指银元宝。 7 素知：一向了解。 8 利：从中得利。 9 便益：方便，便利。

代 打

有应受官责[1]者，以银三钱，雇邻人代往。其人得银，欣然愿替。既见官，官喝打三十。方受数杖，痛极，因私出所得银，尽贿行杖者，得稍从轻。其人出，谢前人曰："蒙公赐银救我性命，不然，几乎打杀。"

注释：

1 官责：官府责打。

七月儿

有怀孕七个月即产一儿者。其夫恐养不大，遇人即问。一日，与友谈及此事，友曰："这个月无妨，我家祖亦是七个月出世的。”其人错愕问曰：“若是这等说，令祖后来毕竟[1]养得大否？”

注释：

1 毕竟：到底，究竟。

试试看

新妇与新郎无缘，临睡即踢打，不容近身。郎诉之父，父曰：“毕竟你有不是[1]处，所以如此。”子云：“若不信，今晚你去睡一夜试试看。”

注释：

1 不是：错误，过失。

靠父膳

一人廿[1]岁生子，其子专靠父膳，不能自立。一日算命云：“父寿八十，儿寿六十二。”其子大哭曰：“这两年叫我如何过得去！”

注释：

1 廿：二十。

觅凳脚

乡间坐凳，多以现成树丫叉为脚者。一脚偶坏，主人命仆往山中觅取。仆持斧出，竟日[1]空回，主人责之，答曰：“丫叉尽有，都是朝上生，没有向下生的。”

注释：

1 竟日：终日，整天。

访麦价

一人命仆往枫桥打听麦价，仆至桥，闻有呼“吃扯面”者，以为不要钱的，连吃三碗径走。卖面者索钱不得，批其颏九下。急归谓主人曰：“麦价打听不出，面价吾已晓矣。”主问：“如何？”答曰：“扯面每碗要三个耳光。”

锤

一人睡在床上，仰面背痛，覆卧肚痛，侧困腰痛，坐起臀痛，百医无效。或劝其翻床，及翻动，见褥底铁秤锤[1]一个，垫在下面。

注释：

1 秤锤：秤砣。

懒 活

有极懒者，卧而懒起，家人唤之吃饭，复懒应。良久，度其必饥，乃哀恳之。徐曰：“懒吃得。”家人曰：“不吃便死，如何使得[1]？”复摇首漫应曰：“我亦懒活矣。”

注释：

1 使得：行，可以。

白鼻猫

一人素性最懒，终日偃卧不起。每日三餐，亦懒于动口，恹恹绝粒，竟至饿毙。冥王以其生前性懒，罚去轮回变猫。懒者曰："身上毛片，愿求大王赏一全体黑身，单单留一白鼻，感恩实多。"王问何故，答曰："我做猫躲在黑地里，鼠见我白鼻，认作是块米糕，贪想偷吃，潜到嘴边，一口咬住，岂不省了无数气力？"

露水桌[1]

一人偶见露水桌子，因以指戏写"谋篡[2]"字样，被一仇家见之，夺桌就走，往府首告[3]。及官坐堂，露水以为日色曝干，字迹灭去。官问何事，其人无可说得，慌禀曰："小人有桌子一堂，特把这张来看样，不知老爷要买否？"

注释：

1 露水桌：沾有露水的桌子。 2 谋篡：指封建时期臣子用非正常的手段来谋夺君主帝位或者取得朝中大权的行为。 3 首告：出面告发别人的犯罪行为。

衣 软

一乡人穿新浆[1]布衣入城，因出门甚早，衣为露水沨湿。及至城中，怪其顿软。事毕出城，衣为日色曝干，又硬如故。归谓妻曰：“莫说乡下人进城再硬不起来，连乡下人的衣服见了城里人的衣服，都会绵软起来。”

注释：

1 浆：衣物洗净后，浸以米汁，干后使之平挺。

椅桌受用[1]

乡民入城赴席，见椅桌多悬[2]桌围[3]坐褥[4]。归谓人曰：“莫说城里人受用，连城里的椅桌都是极受用的。”人问其故，答曰：“桌子穿了绣花裙，椅子都是穿销金背心的。”

注释：

1 受用：享受，享用。 2 悬：挂。 3 桌围：亦称“桌帷”。围在桌子边的装饰物，多以布或绸缎做成。 4 坐褥：放在炕几两侧或其他坐具上的褥子，用厚毡等制成。

咸 蛋

甲乙两乡人入城，偶吃腌蛋[1]，甲骇曰：“同一蛋也，此味独何以咸？”乙曰：“我知之矣，决定是腌鸭哺[2]的。”

注释：

1 腌蛋：咸鸭蛋。 2 哺：哺育。指鸭下蛋。

看 戏

有演《琵琶记》[1]而找[2]《关公斩貂蝉》[3]者，乡人见之泣曰："好个孝顺媳妇，辛苦了一生，竟被那红脸蛮子害了。"[4]

注释：

1《琵琶记》：元末南戏。写汉代书生蔡伯喈与赵五娘悲欢离合的故事。 2 找：找戏，接连出演。 3《关公斩貂蝉》：元杂剧名。 4 此处因同一演员接演两种角色，乡人混而为一。

演 戏

有演《琵琶记》者，找戏是《荆钗·逼嫁》[1]，忽有人叹曰："戏不可不看，极是长学问的。今日方知蔡伯喈[2]的母亲，就是王十朋[3]的丈母。"

注释：

1《荆钗·逼嫁》：《荆钗记》为古代汉族南戏。《逼嫁》为剧中第十出。 2 蔡伯喈：蔡邕，字伯喈。东汉著名文学家、书法家，著名才女蔡文姬之父。 3 王十朋：南宋著名政治家、诗人，爱国名臣。

祛[1] 盗

一痴人闻盗入门，急写"各有内外"四字，贴于堂上。闻盗已登堂，又写"此路不通"四字，贴于内室。闻盗复至，乃逃入厕中。盗踪迹及之，乃掩厕门咳嗽曰："有人在此。"

注释：

1 祛：除去，驱逐。

复跌

一人偶扑地，方爬起复跌。乃曰："啐！早知还有只[1]一跌，便不走起来也罢了。"

注释：

1 只：这。

缓踱

一人善踱，行步甚迟。日将晡[1]矣，巡夜者于城外见之，问以何往，曰："欲至府前[2]。"巡夜者即指犯夜，擒捉送官。其人辩曰："天色甚早，何为犯夜？"曰："你如此踱法，踱至府前，极早也是二更了。"

注释：

1 日将晡：傍晚，即将天黑。 2 府前：公府门前。

出辔头[1]

有酷好乘马者，被人所欺，以五十金买驽马[2]一匹。不堪鞭策[3]，乃雇舟载马，而身跨其上。既行里许，嫌其迟慢，谓舟人曰："我买酒请你，与我快些摇，我要出辔头哩。"

注释：

1 出辔头：飞奔疾走。 2 驽马：筋疲力竭的、衰弱得不能动的或不健康的马。 3 鞭策：马鞭子，也指用鞭子赶马。

铺 兵[1]

铺司[2]递紧急公文，官恐其迟，拨一马骑之。其人赶马而行，人问其："如此急事，何不乘马？"答曰："六只脚走，岂不快如四只？"

注释：

1 铺兵：古时巡逻及递送公文的兵卒。 2 铺司：古时驿站的主管人员。

米

一妇人与人私通，正在房中行事，丈夫叩门。妇即将此人装入米袋内，立于门背后。丈夫入见，问曰："叉袋里是甚么？"妇人着忙[1]，不能对答。其人从叉袋中应声曰："米。"

注释：

1 着忙：着慌，着急。

鹅变鸭

有卖鹅者，因要出恭，置鹅在地。登厕后，一人以鸭换去。其人解毕，出视叹曰："奇哉！才一时不见，如何便饿得恁般黑瘦了？"

帽当扇

有暑月[1]带毡帽而出者，歇大树下乘凉，即脱帽以当扇。扇讫，谓人曰："今日若不带此帽出来，几乎热杀。"

注释：

1 暑月：夏月。约相当于农历六月前后小暑、大暑之时。

买海蛳[1]

一人见卖海蛳者，唤住要买，问："几多钱一斤？"卖者笑曰："从来海蛳是量的。"其人喝曰："这难道不晓得！问你几多钱一尺？"

注释：

1 海蛳：即海蛳螺。

浼[1]匠迁居

一人极好静，而所居介于铜、铁两匠之间，朝夕聒耳[2]，甚苦之，常曰："此两家若有迁居之日，我宁可作东款谢。"一日，二匠并至曰："我等欲迁矣，足下素许东道，特来叩领。"其人大喜，遂盛款之。席间问之曰："汝两家迁往何处？"答曰："他搬在我屋里，我即搬在他屋里。"

注释：

1 浼：恳托。 2 聒耳：声音嘈杂刺耳。

［明］佚名（传戴进）《太平乐事册页》之《耕罢》

［明］佚名（传戴进）《太平乐事册页》之《观戏》

混堂[1]嗽口

有人在混堂洗浴，掬[2]水入口而嗽之。众各攒眉相向[3]，恶其不洁。此人贮水于手曰："诸公不要愁，待我嗽完之后，吐出外面去。"

注释：

1 混堂：澡堂，浴池。 2 掬：用两手捧。 3 相向：相对。

何 往[1]

一人赋性呆蠢，不通文墨[2]。途遇一友，友问曰："兄何往？"此人茫然不答，乃记"何往"二字以问人。人知其呆，故为戏之曰："此恶语骂兄耳。"其人含怒而别。次日，复遇前友问："兄何往？"此人遽愤然曰："我是不何往，你倒要何往哩！"

注释：

1 何往：到哪里去。 2 文墨：指文化知识。

呆 执

一人问[1]大辟[2]，临刑，对刽子手曰："铜刀借一把来动手，我一生服何首乌[3]的。"

注释：

1 问：被判处。 2 大辟：死刑。 3 何首乌：植物名，根茎俱可入药。忌铁器，宜用铜刀切制。

信阴阳

有平素酷信阴阳，一日被墙压倒。家人欲亟[1]救，其人伸出头来曰：“且慢，待我忍着，你去问问阴阳，今日可动得土否？”

注释：

1 亟：急切。

丑汉看

一妇人在门首，被人注目而看，妇大骂不已。邻妪劝曰：“你又不在内室，凭他看看何妨？”妇曰：“我若把好面孔看看也罢，被这样呆脸看了，岂不苦毒[1]？”

注释：

1 苦毒：痛苦。

爇翁腿

一老翁冬夜醉卧，置脚炉于被中，误爇其腿。早起骂乡邻曰：“我老人家多吃了几杯酒，睡着了，便自不知。你们这班后生，竟不来唤醒一声，难道烧人臭也不晓得！”

合着靴

有兄弟共买一靴，兄日着以拜客赴宴。弟不甘服，亦每夜穿之，环行室中，直至达旦[1]。俄而靴敝[2]，兄再议合买，弟曰：“我要睡矣。”

注释：

1 达旦：整整一夜，直到天明。 2 敝：破旧，损坏。

教象棋

两人对弈[1]象棋，傍观者教不置口。其一大怒，挥拳击之，痛极却步。右手摸脸，左手遥指曰："还不叉士！"

注释：

1 对弈：下棋。

发换糖

一呆子见有以发换糖者，谬谓凡物皆可换也。晨起，袖中藏发一料[1]以往，遇酒肆[2]即入饱餐。餐毕，以发与之。肆佣[3]皆笑，其人怒曰："他人俱当钱用，到我偏用不得耶！"争辩良久，肆佣因捋发乱打。其人徐理发曰："整料的与他偏不要，反在我头上来乱抢。"

注释：

1 一料：一缕。 2 酒肆：酒店。 3 肆佣：店铺的伙计。

闺风部

洞房佳偶

一佳人新嫁，合卺[1]之夜，佳人以对[2]挑[3]之曰："君乃读书之辈，奴出一对，请君对之。如答得来，方许云雨，不然则不从也。"新郎曰："愿闻。"女曰："柳色黄金嫩，梨花白雪香，你爱不爱？"新郎对曰："洞里乾坤大，壶中日月长，你怕不怕？"

注释：

1 合卺：成婚。 2 对：对联。 3 挑：挑逗。

拜堂产儿

有新妇拜堂，即产下一儿。婆愧甚，急取藏之。新妇曰："早知婆婆这等爱惜，快叫人把家中阿大、阿二都领了来罢。"

抢 婚

有婚家[1]女富男贫，男家虑其赖婚[2]，率领众人抢亲，误背小姨[3]以出。女家人急呼曰："抢差了！"小姨在背上曰："不差，不差！快走上些，莫信他哄你哩。"

注释：

1 婚家：亲家。 2 赖婚：已定下的婚约，事后却又反悔，不欲承认。 3 小姨：妻子的妹妹。

两坦

有一女择配[1]，适两家并求。东家郎丑而富，西家郎美而贫。父母问其欲适谁家。女曰："两坦。"问其故，答曰："我爱在东家吃饭，西家去眠。"

注释：

1 择配：选择配偶。

两尽

夫劝新妇[1]解衣。妇曰："母戒我勿解，母命不可违；夫劝我解，夫命又不可违，奈何？"正沉吟间，夫迫之，妇曰："我知之矣！只脱去下截，做个两尽其情罢。"

注释：

1 新妇：新娘子。

问嫂

一女未嫁者，私问其嫂曰："此事颇乐否？"嫂曰："有甚乐处，只为周公之礼，制定夫妇耳。"及女出嫁后归宁，一见其嫂，即笑骂曰："好个说谎精！"

没良心

一妓倚门而立，见有客过，拉人打钉[1]。适对门楼上，姑嫂二人推窗见之，姑问嫂："扯他何事？"嫂曰："要他行房。"须臾事毕，妓取厘戥[2]夹剪[3]付之，姑曰："彼欲何为？"嫂曰："行过了房，要他出银子。"姑叹曰："好没良心，如何反要他出？"

注释：

1 打钉：即打丁，嫖娼。 2 厘戥：一种小型的秤，用来称金、银、药品等分量小的东西。 3 夹剪：一种夹取物品或碎物的铁制工具，形似剪刀，但无锋刃。

谢周公

一女初嫁，哭问嫂曰："此礼何人所制？"嫂曰："周公。"女将周公大骂不已。及满月归宁。问嫂曰："周公何在？"嫂云："他是古人，寻他做甚？"女曰："我要制双鞋谢他。"

死　结

新人初夜上床，使性[1]不止。喜娘[2]隔壁劝曰："此乃人伦大事，个个如此，不要害羞。"新人曰："你不晓得，裤子衣带，偏生今夜打了死结。"

注释：

1 使性：发脾气，任性。 2 喜娘：旧式婚礼时陪伴照料新娘的妇女。

亲嘴

一女初嫁，次早新郎背立，女扳其嘴，连亲数下，郎大怒曰：“如何不识羞耻！”妇应曰：“其实一时认错了，不知是你，莫怪，莫怪。”

出气

一女未嫁，父母索重聘[1]。既嫁初夜，婿怪岳家争论财礼，因恨曰：“汝父母直恁无情，我只拿你出气。”乃大干一次。少顷又曰：“汝兄嫂亦甚可恶，也把你来发泄。”又狠弄一番。两度之后，精力疲倦，不觉睡去。女复摇醒曰：“我那兄弟虽小，日常多嘴多舌，倒是极蛮惫[2]的。”

注释：

1 重聘：丰厚的聘礼。 2 蛮惫：蛮横无理。

通奸

一女与人通奸，父母知而责之。女子赖说：“都是那天杀的强奸我，非我本意。”父母曰：“你缘何不叫喊起来？”女曰：“我的娘呀，喊是要喊。你想那时，我的舌头被他噙紧在口里，叫我如何喊得出？”

用枕

有女嫁于异乡者，归宁，母问：“风土[1]相同否？”答曰：

“别事都一样，只有用枕不同。吾乡把来垫头，彼处垫在腰下的。”

注释：

1 风土：指风俗习惯与地理环境等。

掮[1] 脚

新人初夜，郎以手摸其头而甚得意，摸其乳腹俱欢喜，及摸下体，不见两足，惊骇问之，则已掮起半日矣。

注释：

1 掮（qián）：本指用肩扛东西，这里指抬起。

新人哭

幼女出嫁，喜娘归。主母[1]问：“姑娘连日动静何如？”答曰：“头夜听得姑娘哭，想是面生害怕。第二晚不想官人哭。”母骇问：“为何？”云：“姑娘扳痛了屁股。第三夜随嫁丫头又大哭。”母曰：“更奇怪。”喜娘曰：“我曾问来，他说这样一个好姑娘，口口声声只叫要死。”

注释：

1 主母：旧时仆人对女主人的尊称。

舌头甜

新婚夜，送亲[1]席散。次日，厨司捡点桌面，不见一顶糖人[2]，各处查问。新人忽大笑不止，喜娘在傍问："笑甚么？"女答曰："怪不得昨夜一个人舌头是甜津津的。"

注释：

1 送亲：男女双方举行婚礼，女方亲属把新娘送到男家。
2 糖人：用糖稀吹制的各种形象，可观赏、食用。

起半身

一夫妇新婚，睡至晌午不起。母嫌其贪睡，遣婢潜往探之。婢覆曰："官人、娘子，大家才起得一半了。"母问何故，婢曰："官人起了上半身，娘子只起得下半身着哩。"

大 话

一女出嫁坐床，掌礼[1]撒帐[2]云："撒帐东，官人麝子好撞钟。"女忙接口云："弗怕。"喜嫔[3]曰："新娘子不宜如此口快。"新妇曰："不是我也不说，才得进门，可恶他就把这大话来吓我。"

注释：

1 掌礼：主持礼仪的人。 2 撒帐：凡娶妇，男女对拜毕，就床，男向右坐，女向左坐。妇以金钱彩果散掷，谓之撒帐。 3 喜嫔：喜娘。

正 好

新妇出嫁，坐床撒帐，掌礼念云："夫妇双双喜气扬，官人屪子硬如枪。”伴送婆[1]应曰：“忒硬过了！”新妇接口曰：“弗要说，正好。”

注释：

1 伴送婆：喜娘。

鹰 啄

一母生一子一女，而女尤钟爱。及遣嫁[1]后，思念不已，谓其子曰：“人家再不要养女儿，养得这般长成，就如被饿老鹰轻轻一爪便抓去了。”子曰：“阿姆[2]，阿姆，他们如今正在那里啄着哩。”

注释：

1 遣嫁：出嫁。 2 阿姆：母亲。

嗔 儿

夫妻将举事，因碍两子在傍，未知熟睡不曾，乃各唤一声以试之。两子闻而不应，知其欲为此事也。及云雨大作，其母乐极，频呼叫死。一子忽大笑，母惭而挞之。又一子曰：“打得好，打得好，娘死了不哭，倒反笑起来。”

冻 杀

夫妇乘子熟睡，任意交感。事毕，问其妻：“爽利么？”连问数语，妻碍口[1]不答。子在脚后云：“娘快些说了罢，我已冻杀在这里了。”

注释：

1 碍口：不便说出来。

捉蛇蚤

妻好云雨，每怪其夫好睡，伺夫合眼，即翻身以扰之。夫问："何以不睡？"曰："蛇蚤叮人故耳。"夫会其意，旋与之交。妻愿既遂，乃安眠至晓。夫执其物而叹曰："我与他相处一生，竟不知他有这种本事。"妻曰："甚么本事？"夫曰："会捉蛇蚤。"

贼 干

贼至卧室，见一婢裸体熟睡，即与交合。婢大叫"有贼"，贼狠干不歇。婢遂低声悄问曰："贼哥，你几时来的？"

咎 夫

一妇临产，腹中痛甚，乃咎其夫曰："都是你作怪，带累我如此。"怨詈[1]不止。夫呵之曰："娘子，省得你埋怨，总是此物不好，莫若阉割了，绝此祸根！"遂持刀欲割。妻大呼曰："活冤家！我痛得死去还魂，这刻才好些，你又来催命了。"

注释：

1 怨詈：怨恨咒骂。

取 名

一妇临产创[1]甚，与夫誓曰："以后不许近身，宁可一世无儿，再不干那营生[2]矣。”夫曰：“谨依尊命。”及生一女，夫妻相议命名，妻曰：“唤做招弟罢。”

注释：

1 创：伤。 2 营生：事情，勾当。

不怕死

一妇生育甚难，因咎丈夫曰：“皆你平素作孽[1]，害我今日受苦。”夫甚不过意，遂相戒：“从今各自分床，不可再干此事。”妻然之。弥月[2]后，夜间忽闻启户声。夫问：“是谁？”妻应曰：“那个不怕死的又来了。”

注释：

1 作孽：做坏事。 2 弥月：满月。

寡 欲

一贫家生子极多，艰于衣食。夫咎妻曰：“多男多累，谁教你多男？”妻曰：“寡欲多子，谁教你寡欲？”

多 男

一人连举数子，医士谀之曰：“寡欲多男子。兄少年老成，过于保养之故。何不乘此强壮，快活快活？”妻在屏后应曰：“先生说得极是。我也生育得不耐烦，觉得苦极了。”

问 儿

一人从外归，私问儿曰：“母亲曾往何处去来？”答曰：“间壁。”问：“做何事？”儿曰：“想是同外公吃蟹。”又问：“何以知之？”儿曰：“只听见说：‘拍开来，缩缩脚。’娘又叫道：‘勿要慌，我个亲爷。’”

祈 神

一人痿阳，具牲礼[1]祷神。巫者[2]祝曰：“世阳世阳，顾得卵硬如枪。”病者曰：“何敢望此？”妻从屏后呼曰：“费了大钱大陌[3]，也得如此！”

注释：

1 牲礼：将牲畜宰杀、洁净后，用来祭祀之礼。 2 巫者：以祈祷求神骗取财物的人。 3 大钱大陌：陌，为计算钱的单位数。钱以百为足数，故称。泛指大量钱财。

讼 奸

有妇诉官云：“往井间汲水，被人从后淫污。”官曰：“汝那时何不立起？”答曰：“若立起，恐脱了出来耳。”

铁 箍

夫妇同饭，妻问曰：“韭蒜有何好处，汝喜吃他？”夫曰：“食之，此物如铁棒一般的。”妻亦连食不已，夫曰：“汝吃何用？”妻曰：“我吃了像铁箍一般的。”

两来船[1]

一人遇两来船，手托在窗槛外，夹伤一指。归诉于妻，妻骇然嘱曰："今后遇两来船，切记不可解小便。"

注释：

1 两来船：从相反方向开来的两艘船。

醉饱行房

一人好于酒后渔色[1]，或戒之曰："醉饱莫行房，五脏[2]皆反覆，此药石语[3]也，如何犯之？"其人曰："不妨。行过之后，再行一次，依旧掉转来，只当不曾反覆。"

注释：

1 渔色：猎取美色。 2 五脏：人体内肝、心、脾、肺、肾五个脏器的合称。 3 药石语：良言警句。

命运不好

一妇有淫行，每嫁一夫，辄有外遇，夫觉即被遣。三年之内，连更十夫。人问曰："汝何故而偃蹇[1]至此？"妇曰："生来命运不好，嫁着的就要做乌龟。"

注释：

1 偃蹇：困顿，窘迫。

邻人看

一妇诉其夫曰："邻某常常看我。"夫曰："睬他做甚？"妇曰："我今日对你说，你不在意，下次被他看上了，却不关我事。"

丝瓜换韭

妻令夫买丝瓜，夫立门外候之，有卖韭者至，劝之使买。夫曰："要买丝瓜耳。"卖者曰："丝瓜痿阳，韭菜兴阳，如何兴阳的不买，倒去买痿阳的？"妻闻之，高声唤曰："丝瓜等不来，就买了韭菜罢。"

后园种韭

有客方饭，偶谈"丝瓜痿阳，不如韭菜兴阳"。已而主人呼酒不至，以问儿，儿曰："娘往园里去了。"问："何为？"答曰："拔去丝瓜种韭菜。"

脚　淘

夫妻反目[1]，分头而睡。夜半，妻欲动而难以启口，乃摸夫脚问曰："这是甚物？"夫曰："脚。"妻曰："既是脚，可放在脚淘里去。"

注释：

1 反目：不和，多指夫妻而言。

怕冷

幼女见两狗相牵，问母曰："好好两只狗，为何联拢在一处？"母曰："想是怕冷。"女摇头曰："不是，不是。"母曰："怎见得不是？"女曰："前日大热天气，你和爹爹也是这样，难道都是怕冷不成？"

邻人问

妇谓夫曰："脚盆内潮浴，还是脚盆好过，浴的好过？"夫曰："消息子[1]取耳，还是耳好过，消息好过？"语毕，云雨。邻人问曰："消息落在脚盆里，那个好过？"

注释：

1 消息子：除耳垢的卫生器具。

忌叫死

两夫妇度岁[1]，夫于除夕戒妻曰："往日行房，每到快活处，必定叫死。明日是新正[2]，大家忌说死字，但说[3]我要活。"妻然之。及次日行房，妻乐极，仍叫如前。夫怪其忌犯，妻曰："不妨。像这种死法，那怕一年死到头！"

注释：

1 度岁：过年。 2 新正：农历正月初一。 3 但说：只能说。

扇尸

夫死，妻以扇将尸扇之不已。邻人问曰："天寒何必如此？"妇拭泪答曰："拙夫临终吩咐：'你若要嫁人，须待我肉冷。'"

不不

两妇对门而居，甲问乙曰："生过几胎了？"乙曰："未曾破体。"甲曰："难道你家大爷是不的么？"乙摇头曰："不，不。"

愿杀

妻妾相争，夫实爱妾，而故叱之曰："不如杀了你，省得啕气。"妾奔入房，夫持刀赶入。妻以为果杀，尾而视之，见二人方在云雨。妻大怒曰："若是这等杀法，倒不如先杀了我罢！"

心在这里

有置妾者，与妻行乐，妻曰："你身在这里，心自在那里。"夫曰："若然[1]，待我身在那里，心在这里何如？"

注释：

1 若然：如果这样。

他大我大[1]

一家娶妾，年纪过长于妻。有卖婆[2]见礼，问："那位是大？"妾应云："大是他大，大是我大。"

注释：

1 大：前者指名分。后者指年龄。 2 卖婆：旧指出入人家买卖物品的老年妇女。

罚真咒

一人欲往妾处，诈称："我要出恭，去去就来。"妻不许，夫即赌咒云："若他往做狗。"妻将索[1]系其足放去。夫解索，转缚狗脚上，竟往妾房。妻见去久不至，收索到床边，起摸着狗背，乃大骇云："这死乌龟，我还道是骗我，却原来倒罚了真咒。"

注释：

1 索：大绳子或大链子。

浇蜡师

人家有一妻一妾，前后半夜分认。上半夜至妻房，妻腾身[1]跨上夫肚行事，夫问："何为？"曰："此倒浇蜡烛也。"其妾早在门外窃闻之矣。下半夜乃同妾睡，恣意欢娱，妾快甚，不觉失声曰："我死也！"妻亦在外潜听之矣。次早量米造饭[2]，妻曰："今日当减一人饭米？"妾曰："为何？"妻曰："昨晚死了一个人。"妾亦微笑曰："依我看来，今日还该添一人才是。"妻问何故，答曰："闻得有个浇蜡烛的师父在此。"

注释：

1 腾身：跃身，纵身。 2 造饭：煮饭。

谢　媳

一翁扒灰[1]，事毕，揖其媳曰："多谢娘子美情。"媳曰："爹爹休得如此客气，自己家里，那里谢得许多。"

注释：

1 扒灰：公公与儿媳通奸。

毛　病

一翁偷媳，媳不从，而诉于姑[1]。姑曰："这个老乌龟，像了他的爷老子，都有这个毛病。"

注释：

1 姑：旧时妻称夫的母亲。

拿　访[1]

一人作客在外，见乡亲问曰："我家父在家好么？"乡亲曰："好是好，前日按院[2]访拿十二个扒灰老，尊翁躲在毛厕里，几乎吓杀。"

注释：

1 拿访：捉拿查访。　2 按院：明代巡按御史的别称。

卖古董

一翁素卖古董为业，屡欲偷觑[1]其媳，媳诉于婆。一日，妪[2]

代媳卧，翁往摸之，妪乃夹紧以自掩。翁认为媳，极口赞誉[3]，以为远出[4]婆上。妪骂曰：“臭老贼，一件旧东西也不识，卖甚古董！”

注释：

1觑：偷看。 2妪：年老的女人。此处指婆婆。 3赞誉：赞美称誉。 4出：超出。

换床

一翁欲偷媳，媳与姑说明，姑云：“今夜你躲过，我自有处。”乃往卧媳床，而灭火[1]以待之。夜深翁果至，认为媳妇，云雨极欢。既毕，妪骂曰：“老杀才，今夜换得一张床，如何就这等高兴！”

注释：

1灭火：熄灭灯火。

雷击

有客外[1]者，见故乡人至，问：“家乡有甚新闻？”曰：“某日一个霹雳，打死十余人，都是扒灰老。”其人惊问曰：“家父可无恙乎？”答曰：“令尊倒幸免，令祖[2]却在数内，一同归天了。”

注释：

1客外：旅居在外。 2令祖：对对方祖父的尊称。

偷弟媳

一官到任，众里老[1]参见。官下令曰："凡偷媳妇者站过西边，不偷者站在东边。"内有一老人慌忙走到西首，忽又跑过东来。官问曰："这是何说？"老人跪告曰："未曾蒙老爷吩咐，不知偷弟媳妇的，该立在何处？"

注释：

1 里老：里长。

老　娶

一老人欲娶，妈妈[1]见他须发尽白，不肯嫁他。老者贿嘱媒人曰："还他夜夜有事，[2]如一夜落空，愿责五下。"妈许之。过门初晚，勉干一度，次夜就不能动弹。妈将老儿推倒，责过五板，老者伏地不起。妈问何故，老者陪笑曰："求妈妈索性打上整百，往后一起好算帐。"

注释：

1 妈妈：老太婆。　2 此句意指每晚都能行房。

日　进

老年娶妾，欲结其欢心，说某处有田地若干，房屋若干。妾曰："这都不在我心上。从来说家财万贯，不如日（音'肏'）进分文的好。"

咬 牙

有姑媳孀居[1]，姑曰："做寡妇，须要咬紧了牙根过日子。"未几，姑与人私，媳以前言责之。姑张口示媳曰："你看，也得我有牙齿方好咬。"

注释：

1 孀居：守寡。

藏 年

一人娶一老妻，坐床[1]时，见面多皱纹，因问曰："汝有多少年纪？"妇曰："四十五六。"夫曰："婚书[2]上写三十八岁，依我看来还不止四十五六。可实对我说。"曰："实五十四岁矣。"夫复再三诘之，只以前言对。上床后更不过，心乃巧生一计，曰："我要起来盖盐瓮，不然被老鼠吃去矣。"妇曰："倒好笑，我活了六十八岁，并不闻老鼠会偷盐吃。"

注释：

1 坐床：旧时婚仪，新婚夫妇拜堂后，入房并坐于床帐间。
2 婚书：旧式结婚的文约。

世讳部

开路神[1]

金刚遇开路神，羡之曰：“你我一般长大，我怎如你着好[2]吃好。”开路神曰：“阿哥不知，我只图得些口腹[3]耳。若论穿着，全然不济[4]，剥去一层遮羞皮，浑身都是篾片[5]了。”

注释：

1 开路神：旧时出殡时行进在送葬队列最前面的纸糊偶像，形貌狰狞，躯体高大。 2 着好：穿得好。 3 口腹：指饮食。 4 不济：差，不好。 5 篾片：双关语，一指竹片，又指富家的帮闲。

焦面鬼

一帮闲[1]途遇人家出丧，前面焦面鬼王，以为大老官人也，礼拜甚恭。少顷，大雨如注，而鬼身上纸衣被雨濯[2]去。闲汉曰：“白日见鬼，我只道是大老官，却原来也是个篾片。”

注释：

1 帮闲：受富人豢养，以侍候他们消闲作乐，并为他们帮腔作势的人。 2 濯：洗。

咽 糠[1]

一闲汉[2]咽糠而出，忽遇大老官留家早饭，答曰："适间[3]用狗肉过饱，饭是吃不下了，有酒倒饮几杯。"既饮忽吐，而糠出焉。主见，惊问曰："你说吃了狗肉，为何吐此？"其人睨视[4]良久，曰："咦，我自吃的狗肉，想必狗曾吃糠来。"

注释：

1 糠：稻、麦、谷子等的子实所脱落的壳或皮。 2 闲汉：无正当职业而以帮闲为事的人。 3 适间：方才。 4 睨视：斜视。

望烟囱

富儿才当饮啖，闲汉毕集。因问曰："我这里每到饭熟，列位便来，就一刻也不差，却是何故？"诸闲汉曰："遥望烟囱内烟出，即知做饭，熄则熟矣，如何得错？"富儿曰："我明日买个行灶[1]来煮，且看你们望甚么？"众曰："你煨了行灶，我等也不来了。"

注释：

1 行灶：可移动的炉灶。

老白相[1]

荒岁[2]闲汉无处活口[3]，值官府于玄妙观施粥，闲汉私议曰："我等平昔鲜衣美食[4]，今往吃，必贻人笑。"俄延[5]久之，无奈腹中饿甚，曰："姑待众饥民吃过，尾其后可也。"远望人散而往，则粥已尽矣，乃以指拉食釜杓[6]间余粥。道士见而问之，答曰："我等原是捞（老）白相耳。"

注释：

1 老白相：游手好闲的人。 2 荒岁：灾荒之年。 3 活口：维持生活，糊口。 4 鲜衣美食：形容生活优裕。 5 俄延：拖延，耽搁。 6 釜杓：釜，古炊器。杓，勺子。

借脑子

苏州人极奉承大老官[1]，平日常谓主人曰："要小子替死，亦所甘心。"一日主病，医曰："病入膏肓，非药石所能治疗，必得生人脑髓配药，方可救得。"遍索无有，忽省悟曰："某人平日常自谓肯替死，岂吝惜一脑乎？"即呼之至，告以故。乃大惊曰："阿呀，使勿得，吾里苏州人，从来无脑子个。"

注释：

1 大老官：财主，阔佬。

呵 脬[1]

一帮闲，见大老官生得面方耳圆，遂赞不置口。其人曰："你又在此呵卵脬了？"

注释：

1 呵脬：比喻阿谀奉承。

曲 蟮[1]

帮闲者自夸技能曰："我件件俱精，天下无比。"一人曰："只有一物最像。"问："是何物？"答曰："曲蟮。"问："何以像他？"曰："杀之无血，剐之无肉，要长就长，要短就短，又会唱曲，又会呵脬。"

注释：

1 曲蟮：蚯蚓。

件件熟

帮闲人除夜[1]与妻同饭，忽然笑曰："我想一生止受用得一个'熟'字。你看大老官，那个不熟？私窠[2]小娘，那个不熟？游船上，那个不熟？戏子歌童，那个不熟？箫管唱曲的朋友，那个不熟？"话未毕，妻忽大恸[3]。其人问故，曰："天杀的！你既件件皆熟，如何我这件过年布衫，偏不替我赎（熟）？"

注释：

1 除夜：除夕之夜。 2 私窠：私娼。 3 大恸：极悲哀，大哭。

活千年

一门客谓贵人曰："昨夜梦公活了一千年。"贵人曰："梦生得死，莫非不祥么。"其人遽转口曰："啐！我说差了，正是梦公死了一千年。"

屁 香

有奉贵人者，贵人偶撒一屁，即曰：“那里伽楠[1]香？”贵人惭曰：“我闻屁乃谷气[2]，以臭为正。今反香，恐非吉兆。”其人即以手招气嗅之曰：“如今有点臭了。”

注释：

1 伽楠：即伽楠香，沉香。 2 谷气：食物之气。

撞 席

老鼠与獭结交。鼠先请獭，獭答席[1]，邀鼠过河，暂往觅食。忽一猫见之欲捕，鼠慌曰：“请我的倒不见，吃我的倒来了。”

注释：

1 答席：回敬宴席。

泥[1]高壁

燕子衔泥做窠，搬取蚯蚓上面土。蚓愤极曰：“你要泥高顶壁，为何把我来悔气？”燕子云：“我专怪你呵人家卵脬。”

注释：

1 泥：此指用泥修筑。

嫖院吏

一吏假扮举人，往院嫖妓。妓以言戏之曰：“我今夜身上来[1]，不得奉陪。”吏曰：“申上来，我就驳回去。”妓曰：“不是这等说，行房龌龊。”吏曰：“刑房[2]龌龊，我兵房[3]是干干净净的。”曰：“是月经。”吏曰：“我从幼习的是详文[4]、招稿[5]，不管你甚么《易经》《诗经》。”妓曰：“相公差矣，是流经。”吏曰：“刘洪他是都吏，你拿来吓我，难道就怕了不成？”

注释：

1 身上来：来月经。 2 刑房：旧时衙门中掌理刑事案件的分署。 3 兵房：明清时州县官府的部门之一，掌兵事。 4 详文：旧时官吏向上级官署陈报请示的文书。 5 招稿：记录案件始末与犯人供词等的文稿。

争坐

鼻与眉争坐位，鼻曰：“一切香臭，皆我先知，我之功大矣。汝属无用之物，何功之有，辄敢位居我上？”眉曰：“是则然矣，假如鼻头坐上位，世上有此理否？”

婢子

有婢生子，既长，或问其号。子谦逊久之，乃曰：“贱号[1]小梅。”问：“尊公原号何梅？”答曰：“非也，乃家母[2]名腊梅耳。”

注释：

1 贱号：谦称自己的名号。 2 家母：对人谦称自己的母亲。

尿壶骂

一仆人之使，俗言鼻里。鼻也，出倾夜壶。归告主人曰：“阿爹，方才尿鳖[1]骂我，又骂阿爹。”主人曰：“胡说！尿鳖如何会骂人？”小使曰：“起初骂了我鼻，后连声骂曰：‘鼻鼻鼻，鼻鼻鼻。’岂不把阿爹都骂在里头了？”

注释：

1 尿鳖：尿壶。

屁股痛

麻苍蝇与青苍蝇结为兄弟，青蝇引麻蝇到一酒席上。麻蝇恣意饮啖，被小厮[1]拿住，将竹签插入屁股，递灯草[2]与他使棍[3]。半日才得脱身，遇着青蝇泣诉曰：“承你挚带[4]，吃倒尽有，只是屁股痛得紧。”

注释：

1 小厮：未成年的男性仆从。 2 灯草：指灯芯草的茎髓，可用作油灯的灯芯。 3 与他使棍：用棍子让苍蝇飞舞。 4 挚带：带领。

袭　职[1]

龙阳生子，人谓之曰：“汝已为人父矣，难道还做这等事？”龙阳指其子曰：“深欲告致[2]，只恨袭职的还小，再过十余年，便当急流勇退[3]矣。”

注释：

1袭职：即接班。 2告致：退职。 3急流勇退：舟行急流之中而勇于自退，比喻为官正在得势的时候退下来。

兑 车

两童以后庭相易，俗云兑车是也。一童甚黠，先戏其臀，甫完事，即赖之而走。被弄者赶至其家，且哭且叫曰："要还我，要还我！"其母不知何事，出劝曰："学生不要哭，他赖了你甚么，待我替他还你罢。"

夫 夫[1]

有与小官[2]契厚[3]者，及长，为之娶妻，讲过通家[4]不避。一日，闯入房中，适亲家母在，问女曰："何亲？"女答曰："夫夫。"

注释：

1夫夫：丈夫的丈夫。 2小官：对年轻男子的敬称。 3契厚：交往密切，感情深厚。 4通家：此指全家。

倒做龟

龙阳毕姻[1]后，日就外宿。妻走母家，诉曰："我不愿随他了。"母惊问故，答曰："我是好人家儿女，为甚么倒去与他做乌龟？"

注释：

1 毕姻：完婚。

老了叫

有龙阳年纪过大者，偶撒一屁，狎客为之叩齿。众问其故，答曰："你们不听见老了叫么？"

寿　板[1]

有好男风者，夜深投宿饭店，适与一无须老翁同宿。暗中以为少童也，调之。此翁素有臀风，欣然乐就[2]。极欢之际，因许以制衣打簪，俱云不愿。问所欲何物，答曰："愿得一副好寿板。"

注释：

1 寿板：棺材。　2 乐就：愉快接受。

小　娘[1]

牝狗[2]与牛交而生男，及长，人问其爷娘何在，指牛曰："此爷也。"指狗曰："此娘也。"其人讶曰："这等一个大老官，如何配恁个小娘？"

注释：

1 小娘：称小老婆。　2 牝狗：母狗。

豁　拳[1]

嫖客与妓密甚，相约同死。既设鸩酒[2]二瓯[3]，妓让客先饮。客饮毕，因促妓，妓伸拳曰：“我的量窄，与你豁了这杯罢。”

注释：

1 豁拳：饮酒时的一种博戏。两人同时喊数并伸出拳指，以所喊数目与双方伸出拳指之和数相符者为胜，败者罚饮。　2 鸩酒：毒酒。　3 瓯：杯。

梦里梦

妓与客久别复会，各道相思。妓云：“我无夜不梦见你同食，同眠，同游戏，乃是积想所致。”客曰：“我亦梦之。”妓问曰：“梦怎的？”曰：“我梦见你，不梦见我。”

年倒缩

一商人嫖妓，问其青春几何。妓曰：“十八。”越数年，商人生意折本，仍过其家，妓忘之。问其年，则曰：“十七。”又过数年，入其家问之，则曰：“十六。”商人忽涕泣不止，妓问何故，曰：“你的年纪，倒与我的本钱一般，渐渐的少了。想到此处，能不令人伤心？”

子嫖父帮

有子好嫖而饿其父者，父谓之曰：“与其用他人闲闻，何不

［明］佚名（传戴进）《太平乐事册页》之《木马》

［明］佚名（传戴进）《太平乐事册页》之《牧归》

带挈我入席，我既得食，汝亦省钱，岂不两便[1]？但不可说破耳。”子从之。父在妓家，诸事极善帮衬[2]体贴。妓问曰：“何处得此帮客，大异常人？”子曰：“不好说得。他家媳妇与我有些私情，是我养活也，所以这般体贴。”明日，妓述此语于翁，翁曰：“虽则如此，他家母亲也与我有些勾搭，只当儿子一般，不得不体贴他。”

注释：

1 两便：对两者都方便。 2 帮衬：帮助，帮忙。

父多一次

子好游妓馆，父责之曰：“不成器的畜生，我到娼家，十次倒有九次见你。”子曰：“这等说来，你还多我一次，反来骂我？”

醉敲门

光棍醉敲妓门，妓知其乏钞，闭而不纳，辞以有客，实无客也。光棍破门而进，妓灭灯仰卧于床。光棍摸着其足，与男人无异，乃笑曰：“他不拒我，果然是有客。”

缠　住

一螃蟹与田鸡[1]结为兄弟，各要赌跳过涧[2]，先过者居长。田鸡溜便早跳过来，螃蟹方行，忽被一女子撞见，用草捆住。田鸡见他不来，回转唤云：“缘何还不过来？”蟹曰：“不然几时来了，只因被这歪刺骨[3]缠住在此，所以耽迟来不得。”

注释：

1 田鸡：青蛙。 2 涧：山间流水的沟。 3 歪刺骨：骂人的话，相当于“不正经的人”。

龟渡

有一士欲过河，苦无渡船。忽见有一大龟，士曰：“乌龟哥，烦你渡我过去，我吟诗谢你。”龟曰：“先吟后渡。”士曰：“莫被你哄，先吟两句，渡后再吟两句，何如？”龟曰：“使得。”士吟曰：“身穿九宫八卦[1]，四海龙王[2]也怕。”龟喜甚，即渡士过河。士续曰：“我是衣冠中人[3]，不与乌龟答话。”

注释：

1 九宫八卦：此处指龟壳上的纹路似九宫八卦图。 2 四海龙王：传说中管理九州四大海洋的四位龙神。 3 衣冠中人：指高雅之士。

骨血[1]

妓接一西客[2]，临去，欲暖其心，伪云：“有三个月身孕，是你的骨血，须来一看。”客信之，如期果至。妓计困[3]，乃以小白犬一只置儿篮内，蒙被而诳客曰：“儿生矣，熟睡不可搅动他。”客启视狗身，乃大喜，抚犬曰：“果是咱亲骨血，在娘胎里就穿上羊皮袄子了。”

注释：

1 骨血：骨肉。多指子女等后代。 2 西客：此指西部寒冷地区来的嫖客。 3计困：没有办法。

妻当稍[1]

一人好赌，日夜不归。已破家[2]，止剩一妻，乃以出稍。不几掷，复输去。因请再饶[3]一掷，赢家曰："讲绝了稍做妻，如何又饶？"答曰："其中有一缘故，房下还是室女[4]，作少了价钱，饶一掷不为过。"赢家曰："那有此理？"曰："你若不信，只看我自做亲[5]以来，何曾有一夜在家里？"

注释：

1稍：赌本。 2破家：耗尽家产。 3饶：增加。 4室女：旧指没有出嫁的女子。此处指处女。 5做亲：成亲。

取 头

好赌者，家私输尽，不能过活，取绳上吊。忽见一鬼在梁上云："快拿头来。"此人曰："也亏你开得这口，我输到这般地位，还来问我要头！"

捉 头

按君访察，匡章[1]、陈仲子[2]及齐人，俱被捉。匡自信孝子，陈清客，俱不请托。惟齐人有一妻一妾，馈送显者[3]求解。显者为见按君，按君述三人罪状，都是败坏风俗的头目，所以访之。显者曰："匡章出妻屏子[4]，仲子离母避兄，老公祖捉得极当。那齐人是叫化子的头，也捉他做甚么？"

注释：

1 匡章：战国时期齐国将领。 2 陈仲子：战国时期齐国著名思想家、隐士。 3 显者：地位显赫之人。 4 出妻屏子：即抛弃妻儿。

白日鬼[1]

法师上坛，焰口[2]施食。天将明矣，正要安寝，又见一班披枷带锁、折手断脚的饿鬼索食。师问："阳世作何生理[3]，受此果报？"众云："皆是拐骗子，做中保[4]、镶局害人的。"又问："夜间为何不来同领法食？"答曰："我们一班，都是白日鬼。"

注释：

1 白日鬼：光天化日之下招摇撞骗的贼人。 2 焰口：佛教用语。形容饿鬼渴望饮食，口吐火焰。和尚向饿鬼施食叫放焰口。 3 生理：活计，职业。 4 中保：居中作保的人。

分子[1]头

一人生平惯做分头，扣克[2]人家银钱。死后阎王痛恨，发在黑暗地狱内受罪。进狱时即云："列位在此，不见天日，何不出一公分[3]，开个天窗？"

注释：

1 分子：即份子，共同筹办事情，每人分摊的钱财。 2 扣克：扣减应发给别人的财物而据为己有。 3 公分：此指凑份子。

穿 窬

一士人夜读，见偷儿穴墙[1]有声，时炉内滚汤[2]正沸，提汤潜伺穴口。及墙既穿，偷儿先以脚进，士遂擒住其两腿，徐以滚汤淋之。贼哀告求释，士从容谓曰：“多也不敢奉承，只尽此一壶罢。”

注释：

1 穴墙：凿墙洞。 2 滚汤：沸腾、滚开的水。

新雷公[1]

雷公欲诛忤逆[2]子，子执其手曰：“且慢击！我且问你还是新雷公，还是旧雷公？”雷公曰：“何谓[3]？”其人曰：“若是新雷公，我竟该打死。若是旧雷公，我父忤逆我祖，你一向在那里去了？”

注释：

1 雷公：神话中管打雷的神。 2 忤逆：不孝顺。 3 何谓：此指什么，是什么意思。

叫城门

一人最好唱曲。探亲回迟，城门已闭，因叫：“开门！”管门者曰：“你唱一曲我听，便放你进来。”此人曰：“唱便唱，只是我唱，你要答应。”管门曰：“依你。”其人先说白云：“叫周仓！”城上应曰：“嗄。”“关爷爷在城外了，还不快迎！”复应曰：“嗄。”其人曰：“你既晓得关出你爷在城外，就该开门，如何还敢要我唱曲？”

老鳏[1]

苏州老鳏，人问：“有了令郎么？”答云：“提起小儿，其实心酸。前面妻祖[2]与妻父定亲，说得来垂成[3]了，被一个天杀的用计矗退[4]了。致使妻父不曾娶得妻母，妻母不曾养得贱内[5]，至今小儿杳然[6]。”

注释：

1 鳏：成年无妻或丧妻的男人。 2 妻祖：妻子的祖父。 3 垂成：事情将近成功。 4 矗退：指事情被破坏了。 5 贱内：旧时谦称自己的妻子。 6 杳然：无影无踪。

抵偿

老虎欲吃猢狲，狲诳曰：“我身小，不足以供大嚼。前山有一巨兽，堪可饱餐，当引导前去。”同至山前，一角鹿[1]见之，疑欲啖己，乃大喝云：“你这小猢狲，许我拿十二张虎皮送我，今只拿一张来，还有十一张呢？”虎惊遁，骂曰：“不信[2]这小猢狲如此可恶，倒要拐我抵销旧帐！”

注释：

1 角鹿：生角的鹿。多指雄鹿。 2 不信：没想到。

不利语

一翁无子，三婿同居，新造厅房[1]一所。其长婿饮归，敲门不应，大骂："牢门为何关得恁早！"翁怒，呼第二婿诉曰："我此屋费过千金，不是容易挣的，出此不利之语，甚觉可恶。"次婿曰："此房若卖也，只好值五百金罢了。"翁愈怒，又呼第三婿述之。三婿云："就是五百金，劝阿伯[2]卖了也罢，若然一场天火。连屁也不值。"

注释：

1 厅房：指包括厅堂在内的正屋。 2 阿伯：吴语。父亲。

吹叭喇

乐人夜归，路见偷儿挖一壁洞，戏将叭喇插入吹起。内[1]惊觉追赶，遇贼问云："你曾见吹叭喇的么？"

注释：

1 内：此指被偷的人家。

戒狗肉

乞儿戒吃狗肉，众丐劝曰："不必。"曰："我不食之久矣。"众曰："你便戒他，他却不戒你。"

病烂腿

一乞儿病腿烂，仰卧市中，狗见之欲餂[1]。乞儿曰："畜生，少不得是你口里食，何须这般性急？"

注释：

1 餂：舔。

吃荇叶[1]

清客贫甚，晨起无米，煮荇叶食之而出。少顷，赴富儿席，饮空心酒[2]过多，遂大呕[3]，而荇叶出焉。恐人嘲笑，乃指而言曰："好古怪，早上吃白滚汤时，用不多几个莲心，如何一会子小荷叶出得恁快？"

注释：

1 荇叶：荇菜，多年生水生草本植物。 2 空心酒：指空腹饮酒。 3 呕：呕吐。

做 牌[1]

有叩吏门者，妻曰："出去了。你可是要做牌的么？留大些一个东道[2]在我房里，任凭你要搁就搁，要捺就捺，要牒[3]就牒，要销就销，要抽就抽，无有个做不来的。"

注释：

1 做牌：此指走后门打官司。 2 东道：请客的人或接待别人的人。此处指红包。 3 牒：文书，证件。

作 仆

有投靠作仆者，自言："一生不会横撑船，不肯缩退走，见饭就住的。"主人喜而纳之。一日，使捻河泥[1]，辞曰："说过不会横撑船。”又使其插秧，曰：“说过不会缩退走。”主人愤甚，伺其饭，辄连进不止，乃以“见饭就住”语责之。其人张口向主人曰：“请看喉咙内曾见饭否？”

注释：

1 捻河泥：指乘船用专用的工具把河底河泥淘上船。

僧道部

追度牒[1]

一乡官游寺，问和尚："吃荤否？"曰："不甚吃，但逢饮酒时，略用些。"曰："然则汝又饮酒乎？"曰："不甚吃，但逢家岳[2]妻舅来，略陪些。"乡官怒曰："汝又有妻，全不像出家人的戒行，明日当对县官说，追你度牒。"僧曰："不劳费心，三年前贼情事发，早已追去了。"

注释：

1 度牒：旧时官府发给合法出家人的证明文件。 2 家岳：称自己的岳父。

掠缘簿[1]

和尚做功德[2]回，遇虎，惧甚，以铙钹[3]一片击之。复至，再投一片，亦如之。乃以经卷掠去，虎急走归穴。穴中母虎问故，答曰："适遇一和尚无礼，只扰得他两片薄脆，就掠一本缘簿过来，不得不跑。"

注释：

1 缘簿：寺庙化缘的簿册。 2 功德：泛指念佛、诵经、布施等佛事。 3 铙钹：寺院法会时所用法器之一。

鬼王撒尿

大族出丧，路逢大雨，女眷人等避于路傍檐下。和尚没处存身，暂躲开路神腹内。少顷，一僧从神腰里伸头探望，看雨住否。诸女眷惊曰："我们回避，开路神要撒尿哩。"

发往酆都[1]

有素不信佛事者，死后坐罪[2]甚重。乃倾其冥资，延请僧鬼作功果[3]，遍觅不得。问人曰："此间固无僧乎？"曰："来是来得多，都发往酆都了。"

注释：

1 酆都：旧时迷信传为冥府所在。 2 坐罪：治罪，获罪。3 功果：佛事。

开 荤

师父夜谓沙弥曰："今宵可干一素了。"沙弥曰："何为素了？"僧曰："不用唾者是也。"已而沙弥痛甚，叫曰："师父，熬不得，快些开了荤罢。"

忏 悔

孝子忏悔亡父，僧诵普庵咒，至"南无佛佗耶"[1]句，孝子喜曰："正愁我爷难过奈何桥，多承佗过了。"乃出金劳之。僧曰："若肯从重布施，连你娘等我也佗了去罢。"

注释：

1 南无佛佗耶：此句为咒语内容。佗，音同“驮”，下同。耶，音同“爷”。

追 荐[1]

一僧追荐亡人，需银三钱，包送西方。有妇超度其夫者，送以低银[2]，僧遂念往东方。妇不悦，以低银对，即算补之，改念西方。妇哭曰：“我的天，只为几分银子，累你跑到东又跑到西，好不苦呀。”

注释：

1 追荐：超度。 2 低银：成色低的银子。

屁 脬

一僧患大气脬[1]，请医治之。医曰：“此症他人患之便可医，惟你出家人最难治。”问何以故，答曰：“这个大脬内，都是徒弟们的屁在里面。”

注释：

1 大气脬：疝气。

哭响屁

一人以幼子命犯孤宿，乃送出家，僧设酒款待。子偶撒一屁甚响，父不觉大恸。僧曰：“撒屁乃是常事，何以发悲？”父曰：“想我小儿此后要撒这个响屁，再不能勾[1]了。”

注释：

1 能勾：即“能够”。

闻香袋

一僧每进房，辄闭门口呼“亲肉心肝”不置。众徒俟其出，启钥瞷[1]之，无他物，帷席下一香囊耳。众疑此有来历，乃去香，实[2]以鸡粪。僧既归，仍闭门取香囊，且嗅且唤曰：“亲肉心肝呀，你怎么这等，莫非撒了一屁么？”

注释：

1 瞷：窥视，侦伺。　2 实：装满，填塞。

桩　粪

有买粪于寺者，道人索倍价[1]。乡人讶之，道人曰：“此粪与他处不同，尽是师父们桩实落的，泡开来一担便有两担。”

注释：

1 倍价：翻倍的价格。

上下光

师号光明，徒号明光。客问：“贤师徒法号，如何分别？”徒答曰：“上头光是家师，下头光即是小僧。”

卖　字

一妇游虎邱，手持素扇[1]。山上有卖字者，每字索钱一文，妇止带有十八文求写。卖者题曰："美貌一佳人，胭脂点嘴唇。好像观音样，少净瓶。"子持扇，为馆师见之，问："此扇何来？"子述以故。师曰："被他取笑了。"因取十七文，看他如何写法。卖者即书云："聪明一秀才，文章滚出来。一日宗师到，直呆。"生取扇含怒下山，途遇一僧，询知其故。僧曰："待小僧去难他。"遂携十六文以往。写者题曰："伶俐一和尚，好像如来样。睡到五更头，硬。"僧曰："尾韵不雅，补钱四文，求你换过。"卖字曰："既写，如何抹去？不若与你添上罢。"援笔写曰："硬到大天亮。"

注释：

1 素扇：洁白而没有写字绘画的扇子。

见和尚

有三人同行，途遇穿一破裤者。一友曰："这好像猎户张豝[1]。"一人曰："不然，还似渔翁撒网。"又一人曰："都不确，依我看来，好像一座多年破庙。"问："为何？"答曰："前也看见和尚，后也看见和尚。"

注释：

1 张豝：设饵。豝，通"羓"，干肉。

没骨头

秀才、道士、和尚三人，同船过渡。舟人解缆稍迟，众怒骂曰：“狗骨头，如何这等怠慢！”舟人忍气渡众下船，撑到河中，停篙问曰：“你们适才骂我狗骨头，汝秀才是甚骨头，讲得有理，饶汝性命，不然推下水去！”士曰：“我读书人攀龙附凤，自然是龙骨头。”次问道士，乃曰：“我们出家人，仙风道骨，自然是神仙骨头。”和尚无可说得，乃慌哀告曰：“乞求饶恕，我这秃子，从来是没骨头的。”

杜　徐[1]

一僧赴宴而归，人问：“坐第几席？”答曰：“首席是姓杜的，次席是姓徐的，杜徐之下，就是贫僧了。”

注释：

1 杜徐：音近“肚脐”。

倒　挂

一士问僧云：“你看我腹中是甚么？”僧曰：“相公自然满腹文章在内。”士曰：“非也。”曰：“然则是五脏六腑乎？”士曰：“亦非也。”僧问何物，曰：“一肚皮和尚。若不信，现有一光头，挂出在里面。”

天报[1]

老僧往后园出恭，误被笋尖搠[2]入臀眼，乃唤疼不止。小沙弥见之，合掌云："阿弥陀佛，天报。"

注释：

1 天报：老天的报应。 2 搠：扎，刺。

祭器

僧临终，嘱其徒曰："享祀[1]不须他物，只将你窟臀供座上足矣。"徒如命。方在祭献，听见有人叩门，忙应曰："待我收拾了祭器就来。"

注释：

1 享祀：祭祀。

僧浴

僧见道家洗浴，先请师太，次师公，后师父，挨次而行，毫不紊乱。因感慨自叹曰："独我僧家全无规矩，老和尚不曾下去，小和尚先脱得精光了。"

头眼

一僧与人对奕，因夺角不能成眼，躁甚头痒。乃手摩头顶而沉吟曰："这个所在，有得一个眼便好。"

问　秃

一秀才问僧人曰："'秃'字如何写？"僧曰："不过秀才[1]的尾巴弯过来就是了。"

注释：

1 秀才：此处指"秀"字。

当真取笑

和尚途行，一小厮叫曰："和尚和尚，光头浪荡。"僧怒云："一个筋头，翻在你娘肚上。"妇怒曰："我家小厮，不过作耍[1]，为何出此粗言？"僧曰："娘娘，难道小僧当真，何须着急？"

注释：

1 作耍：开玩笑。

宿　娼

一僧嫖院，以手摸妓前后，忽大叫曰："奇哉，奇哉！前面的实像尼姑，后面的宛似徒弟。"

僧道争儿

有僧道共偷一孀妇[1]，有孕。及生子，僧道各争是他骨血，久之不决。子长，人问之，答曰："我是和尚生的。"道士怒曰："怎见得？"子曰："我在娘胎里，只见和尚钻进钻出，并不见你道士。"

注释：

1 孀妇：寡妇。

道士狗养

猪栏内忽产下一狗，事属甚奇。邻里环聚议曰："道是（士）狗养的，又是猪的种；道是猪养的，又是狗的种。"

跳 墙

一和尚偷妇人，为女夫追逐，既跳墙，复倒坠。见地下有光头痕，遂捏拳印指痕在上，如冠子[1]样，曰："不怕道士不来承认。"

注释：

1 冠子：此处指道冠。

驱 蚊

一道士自夸法术高强，撇得好驱蚊符。或请得以贴室中，至夜蚊虫愈多。往咎道士，道士曰："吾试往观之。"见所贴符曰："原来用得不如法耳。"问："如何用法？"曰："每夜赶好蚊虫，须贴在帐子里面。"

谢 符

一道士过王府基，为鬼所迷，赖行人救之，扶以归。道士曰："感君相救，无物可酬，有避邪符一道，聊以奉谢。"

祈 雨

官命道士祈雨，久而不下，怪其身体不洁，亵渎神明，以致如此。乃尽拘小道[1]，禁之狱中，令其无可掏摸。越数日，狱卒禀曰："老道士祈雨，小道士求晴，如何得有雨下？"官问何故，狱卒曰："他在狱念道：'但愿一世不下雨，省得我们夜夜去熬疼。'"

注释：

1 小道：年轻道士。

养汉尼

有尼姑同一妓者，死见阎王。王问妓曰："汝前世作何生理？"妓曰："养汉接客。"王判云："养汉接人，方便孤身，发还阳世，早去超生。"问尼姑："你是何人？"答曰："吃素念佛。"王亦判云："吃素念经，佛口蛇心，一百竹片，打断脊筋。"尼哀告曰："不瞒大王说，小妇人名虽是个尼姑，其实背地里养汉，做私窠子的。"

七字课

一学生聪颖，对答如流。师出两字课曰："月明。"徒即对曰："日出。"又云："和尚。"答曰："尼姑。"师曰："青山。"徒曰："白水。"又出一字曰："去。"徒即应声曰："来。"师又合串总念云："月明和尚青山去。"徒亦答念对云："日（作入字）出尼姑白水来。"

贪吝部

开当

有慕开典铺者，谋之人曰："需本[1]几何？"曰："大典万金，小者亦须千计。"其人大骇而去。更请一人问之，曰："百金开一钱当亦可。"又辞去。最后一人曰："开典如何要本钱，只须店柜一张，当票数纸足矣。"此人乃欣然。择期开典，至日，有持物来当者，验收讫，填空票计之。当者索银，答曰："省得称来称去，费坏[2]许多手脚，待你取赎时，只将利银来交便了。"

注释：

1 本：本钱。 2 费坏：浪费。

请神

一吝者，家有祷事，命道士请神，乃通诚[1]请两京神道。主人曰："如何请这远的？"道士答曰："近处都晓得你的情性，说请他，他也不信。"

注释：

1 通诚：即通陈。祷告，祷祝。

好放债

一人好放债，家已贫矣，止余斗粟，仍谋煮粥放之。人问曰：“如何起利？”答曰：“讨饭。”

大东道

好善者曰：“闻当日佛好慈悲，曾割肉喂鹰，投崖喂虎。我欲效之，但鹰在天上，虎在山中，身上有肉，不能使啖，夏天蚊子甚多，不如舍身斋了蚊罢。”乃不挂帐，以血饲蚊。佛欲试其虔诚，变一虎啖之。其人大叫曰：“小意思吃些则可，若认真这样大东道，如何当得起！”

打半死

一人性最贪，富者语之曰：“我白送你一千银子，你与我打死了罢。”其人沉吟良久，曰：“只打半死，与我五百两何如？”

命　穷

乡下亲家新制佳酿，城里亲家慕而访之，冀其留饮。适亲家他往，亲母命子款待，权为荒榻[1]留宿。其亲母卧房止隔一壁，亲家因未得好酒到口，方在懊闷。值亲母桶上撒尿，恐声响不雅，努力将臀夹紧，徐徐滴沥而下。亲家听见，私自喜曰：“原来才在里面滤酒哩，想明早得尝其味矣。”亲母闻言，不觉失笑，下边松动，尿声急大。亲家拍掌叹息曰：“真是命穷，可惜滤酒榨袋，又撑破了。”

注释：

1 榻：狭长而矮的坐卧用具，亦泛指床。

兄弟种田

有兄弟合种田者，禾既熟，议分。兄谓弟曰："我取上截，你取下截。"弟讶其不平，兄曰："不难，待明年你取上，我取下可也。"至次年，弟催兄下谷种，兄曰："我今年意欲种芋头哩。"

合伙做酒

甲乙谋合本做酒，甲谓乙曰："汝出米，我出水。"乙曰："米若我的，如何算帐？"甲曰："我决不亏心。到酒熟时，只逼[1]还我这些水罢了，其余多是你的。"

注释：

1 逼：即滗，挡住渣滓把液体倒出来。

翻　脸

穷人暑月无帐，复惜蚊烟费，忍热拥被而卧，蚊嘬其面。邻家有一鬼脸，借而带之。蚊口不能入，谓曰："汝不过省得一文钱耳，如何便翻了脸？"

画　像

一人要写行乐图，连纸笔颜料，共送银二分。画者乃用水墨于荆川纸[1]上，画出一背像。其人怒曰："写真全在容颜，如何写背？”画者曰：“我劝你莫把面孔见人罢。”

注释：

1 荆川纸：一种竹子制成的纸，薄而略透明，类似桃花纸。

许日子

一人性极吝啬，从无请客之事。家僮偶持碗一篮，往河边洗涤，或问曰：“你家今日莫非宴客耶？”僮曰：“要我家主人请客，除非那世里[1]去！”主人知而骂曰：“谁要你轻易许下他日子！”

注释：

1 那世里：下辈子。

醵　金[1]

有人遇喜事，一友封分金[2]一星[3]往贺，乃密书封内云：“现五分，赊五分。”已而此友亦有贺分，其人仍以一星之敬答之。乃以空封往，内书云：“退五分，赊五分。”

注释：

1 醵金：集资，凑钱。　2 分金：共同送礼时各人分摊的钱。3 一星：旧时用银为货币时，常称一钱为一星等。

携　灯

有夜饮者，仆携灯往候，主曰：“少时天便明，何用灯为？”仆乃归。至天明，仆复往接，主责曰：“汝大不晓事[1]，今日反不带灯来，少顷就是黄昏，叫我如何回去？”

注释：

1 晓事：懂事。

不留客

客远来久坐，主家鸡鸭满庭，乃辞以家中乏物，不敢留饭。客即借刀，欲杀己所乘马治餐。主曰：“公如何回去？”客曰：“凭公于鸡鸭中，告借一只，我骑去便了。”

不留饭

一客坐至晌午，主绝无留饭之意。适闻鸡声，客谓主曰：“昼鸡啼矣。”主曰：“此客鸡不准。”客曰：“我肚饥是准的。”

射　虎

一人为虎衔去，其子执弓逐之，引满[1]欲射。父从虎口遥谓其子曰：“我儿须是挖脚[2]射来，不要伤坏了虎皮，没人肯出价钱。”

注释：

1 引满：拉弓至满。　2 挖脚：此指迎着老虎的脚。

吃　人

一人远出回家，对妻云：“我到燕子矶，蚊虫大如鸡。后过三山硖，蚊虫大如鸭。昨在上新河，蚊虫大如鹅。”妻云：“呆子，为甚不带几只回来吃？”夫笑曰：“他不吃我就勾了，你还敢想去吃他！”

悭　吝[1]

一人性最悭吝，忽感痨瘵[2]之疾，医生诊视云：“脉气虚弱，宜用人参培补。”病者惊视曰：“力量绵薄，惟有委命听天可也。”医士曰：“参既不用，须以熟地[3]代之，其价颇贱。”病者摇首曰：“费亦太过，愿死而已。”医知其吝啬，乃诈言曰：“别有一方，用干狗屎调黑糖一二文服之，亦可以补元神。”病者跃然起问曰：“不知狗屎一味，可以秃用[4]否？”

注释：

1 悭吝：吝啬。　2 痨瘵：痨病。　3 熟地：中药名，经过蒸晒的地黄，又叫“熟地黄”。　4 秃用：此指单独服用。

卖粉孩

一人做粉孩儿出卖，生意甚好，谓妻曰：“此后只做束手的，粉可稍省。”果卖去。又曰：“此后做坐倒的，当更省。”仍卖去。乃曰：“如今做垂头而卧者，不更省乎！”及做就，妻提起看曰：“省则省矣，只是看看不像个人了。”

独管裤

一人谋做裤而吝布，连唤裁缝，俱以费布辞去。最后一缝匠云："只须三尺足矣。"其人大喜，买布与之。乃缝一脚管，令穿两足在内。其人曰："迫[1]甚，如何行得？"缝匠曰："你脱煞[2]要省，自然一步也行不开的。"

注释：

1 迫：狭窄。 2 脱煞：方言。过于，太甚。

莫想出头

一人性吝者，买布一丈，命裁缝做马衣[1]一件，裤一条，袜一双，余布还要做顶包巾。匠每以布少辞去。落后一裁缝曰："我做只消八尺，倒与你省却两尺，何如？"其人大喜。缝者竟做成一长袋，将此人从脚套至头顶，口用绳收紧。其人曰："气闷[2]极矣。"匠曰："撞着你这悭吝鬼，自然是气闷的。省是省了，要想出头，却难哩。"

注释：

1 马衣：袍。 2 气闷：因空气不畅而憋闷。

一毛不拔

一猴死见冥王，求转人身[1]。王曰："既欲做人，须将身上毛尽行拔去。"即唤夜叉动手。方拔一根，猴不胜痛楚，王笑曰："畜生，看你一毛不拔，如何做人！"

注释：

1 转人身：即来世变为人。

因小失大

有造方便[1]觅利者，遥见一人撩衣，知必小解，恐其往所对邻厕，乃伪为出恭，而先踞其上。小解者果赴己厕。其人不觉，偶撒一屁，带下粪来，乃大悔恨，曰："何苦因小失大！"

注释：

1 方便：此指厕所。

七　德

一家延师，供馔甚薄。一日，宾主同坐，见篱边一鸡，指问主人曰："鸡有几德？"主曰："五德[1]。"师曰："以我看来，鸡有七德。"问："为何多了二德？"答曰："我便吃得[2]，你却舍不得。"

注释：

1 五德：即文、武、勇、仁、信五德。　2 得：音同"德"。下同。

粪　鸡

东家供师甚薄，久不买荤。一日，粪缸内淹死一鸡，烹以为馔。师食而疑之，问其徒，徒以实告，师愤甚。少顷，主人进馆，师忙执笤帚一把，塞其口中，逼使尽食。东家曰："笤帚如何吃得？"师曰："你既不肯吃笤帚，如何倒叫先生吃粪鸡（箕）？"

恶　神

一神道[1]险恶，赛者必用生人祭祷。有酬愿[2]者，苦乏人献，特于供桌中挖一孔，藏身在桌下，而伸头于桌面。俟神举箸，头忽缩下。神大怒，骂曰："这班小鬼都是贼，才得举箸，如何嗄饭[3]就一些没有了？"

注释：

1 神道：神灵。　2 酬愿：还愿。　3 嗄饭：佐饭的菜肴。

下　饭

二子午餐，问父用何物下饭，父曰："古人望梅止渴，可将壁上挂的腌鱼望一望，吃一口，这就是下饭了。"二子依法行之。忽小者叫云："阿哥多看了一眼。"父曰："咸杀了他。"

吃榧[1]伤心

有担榧子在街卖者，一人连吃不止。卖者曰："你买不买，如何只管吃？"答曰："此物最能养脾。"卖者曰："你虽养脾，我却伤心。"

注释：

1 榧：常绿乔木，种子有很硬的壳，两端尖，称"榧子"，仁可食，亦可入药、榨油。通称"香榧"。

一味足矣

一先生开馆，东家设宴相待，以其初到加礼[1]，乃宰一鹅奉款。饮至酒阑[2]，先生谓东翁曰："学生取扰的日子正长，以后饮馔，务须从俭，庶得相安。"因指盘中鹅曰："日日只此一味足矣，其余不必罗列。"

注释：

1 加礼：厚于常规的礼仪，也表达以礼相待。 2 酒阑：酒筵将尽。

卖肉忌赊

有为儿孙作马牛者，临终之日，呼诸子而问曰："我死之后，汝辈当如何殡殓？"长子曰："仰体大人惜费[1]之心，不敢从厚，缟衣[2]布衾[3]，二寸之棺，一寸之椁[4]，墓道[5]仅以土封。"翁攒眉良久，责其多费。次子曰："衣衾棺椁，俱不敢用，但具稿荐[6]一条，送于郊外，谓之火葬而已。"翁犹疾其过奢。三子嘿喻[7]父意，乃诡词[8]以应曰："吾父爱子之心，无所不至，既经殚力于生前，岂惜捐躯于死后？不若以大人遗体，三股均分，暂作一日之屠儿[9]，以享百年之遗泽，何等不好？"翁乃大笑曰："吾儿此语，适获我心。"复戒之曰："对门王三老，惯赖肉钱，断断不可赊。"

注释：

1 惜费：节俭。 2 缟衣：旧时居丧或遭其他凶事时所着的白色绢制衣裳。 3 布衾：布被。 4 椁：套在棺外的大棺。 5 墓道：墓室前的甬道。 6 稿荐：稻草、麦秸等编成的垫席。 7 嘿喻：

犹意会。　8诡词：即诡辞。说假话。　9屠儿：即屠户。

咬嚼[1]不过

一人死后，转床殡殓，诸亲及众妇绕灵而哭。只见孝帏[2]裂碎，到处飞扬，皆称怪象。特往关魂问之，乃曰："无他，只是当众人咬嚼不过耳。"

注释：

1咬嚼：咀嚼。　2孝帏：悬挂在灵床或灵柩前的帷帐。

蘸　酒

有性吝者，父子在途，每日沽酒一文，虑其易竭，乃约用箸头蘸尝之。其子连蘸二次，父责之曰："如何吃这般急酒！"

吞　杯

一人好饮，偶赴席，见桌上杯小，遂作呜咽之状。主人惊问其故，曰："睹物伤情耳。先君[1]去世之日，并无疾病，因友人招饮，亦似府上酒杯一般，误吞入口，咽死了的。今日复见此杯，焉得不哭？"

注释：

1先君：已故的父亲。

好　酒

父子扛酒一坛，路滑跌翻。其父大怒，子乃伏地痛饮，抬头谓父曰："快些来么，难道你还要等甚菜？"

恋　席

客人恋席，不肯起身。主人偶见树上一大鸟，对客曰："此席坐久，盘中肴尽，待我砍倒此树，捉下鸟来，烹与执事[1]侑酒[2]，何如？"客曰："只恐树倒鸟飞矣。"主云："此是呆鸟，他死也不肯动身的。"

注释：

1 执事：对对方的敬称。　2 侑酒：为饮酒者助兴。

恋　酒

一人肩挑磁壶[1]，各处货卖。行至山间，遇着一虎，咆哮而来。其人怆甚，忙将一壶掷去，其虎不退。再投一壶，虎又不退。投之将尽，止存一壶，乃高声大喊曰："畜生，畜生！你若去，也只是这一壶。你就不去，也只是这一壶了！"

注释：

1 磁壶：即瓷壶。

四　脏

一人贪饮过度，妻子[1]私相谋议曰："屡劝不听，宜以险事动之。”一日，大饮而哕，子密袖猪膈置哕中，指以谓曰：“凡人具五脏，今出一脏矣，何以生耶？”父熟视曰：“唐三藏[2]尚活世，况我有四脏乎！”

注释：

1 妻子：此指妻子和儿子。 2 藏：音同“脏”。

寡 酒[1]

一人以寡酒劝客，客曰：“不如拿把刀来杀了我罢。”主愕然，问曰：“劝酒无非好意，何出此言？”客曰：“其实当你寡（剐）不过了。”

注释：

1 寡酒：形容饮酒而无菜肴相佐。

白伺候

夜游神见门神夜立，怜而问之曰：“汝长大乃尔，如何做人门客，早晚伺候，受此苦辛？”门神曰：“出于无奈耳。”曰：“然则有饭吃否？”答：“若要他饭吃时，又不要我上了。”

梦戏酌

一人梦赴戏酌，方定席，为妻惊醒，乃骂其妻。妻曰：“不要骂，趁早睡去，戏文还未半本哩。”

梦美酒

一好饮者，梦得美酒。将热而饮之，忽被惊醒，乃大悔曰：“早知如此，恨不冷吃。”

截酒杯

使僮斟酒不满，客举杯细视良久，曰：“此杯太深，当截去一段。”主曰：“为何？”客曰：“上半段盛不得酒，要他何用？”

切薄肉

主有留客定饭，仅用切肉一碗，既嚣[1]且少。乃作诗以诮之，曰：“君家之刀利且锋，君家之手轻且松。切来片片如纸同，周围披转无二重。推窗忽遇微小风，顿然吹入五云中。忙忙令人觅其踪，已过巫山十二峰。”

注释：

1 嚣：方言。犹薄。

满盘多是

客见坐上无肴，乃作意谢主人，称其太费[1]。主人曰：“一些菜也没有，何云太费？”客曰：“满盘都是。”主人曰：“菜在那里？”客指盘中曰：“这不是菜，难道到是肉不成？”

注释：

1 太费：太破费。

滑　字

一家延师，供膳菲薄[1]。时值天雨，馆僮携午膳至，肉甚少，师以其来迟，欲责之。僮曰："天雨路滑故也。"师曰："汝可写'滑'字我看，如写得出，便饶你打。"僮曰："一点儿，一点儿，又是斜披一点儿，其余都是骨了。"

注释：

1 菲薄：微薄。

不见肉

一母命子携萝卜一篮，往河边洗涤。久之不归，母往寻之，但存萝卜。知儿失足堕河，淹死水中，因大哭曰："我的肉，我的肉，但见萝卜不见肉。"

和头[1]多

有请客者，盘飧[2]少而和头多，因嘲之曰："府上的食品，忒煞富贵相了。"主问："何以见得？"曰："葱蒜萝卜，都用鱼肉片子来拌的。少刻鱼肉上来，一定是龙肝凤髓[3]做和头了。"

注释：

1 和头：配菜。　2 盘飧：盘中的菜肴。　3 龙肝凤髓：比喻极难得的珍贵食品。

盛骨头

一家请客，骨多肉少。客曰："府上的碗想是偷来的？"主人骇曰："何出此言？"客曰："我只听见人家骂说：'偷我的碗，拿去盛骨头。'"

收骨头

馆僮怪主人每食必尽，只留光骨于碗，乃对天祝曰："愿相公活一百岁，小的活一百零一岁。"主问其故，答曰："小人多活一岁，好收拾相公的骨头。"

涂　嘴

或有宴会，座中客贪馋不已，肴使既尽。馆僮愤怒而不敢言，乃以锅煤涂满嘴上，站立傍侧。众人见而讶之，问其嘴间何物。答曰："相公们只顾自己吃罢了，别人的嘴管他则甚！"

索　烛

有与善啖者同席，见盘中且尽，呼主翁拿烛来。主曰："得无[1]太早乎？"曰："我桌上已一些不见了。"

注释：

1 得无：恐怕，是不是。

借 水

一家请客，失分[1]一箸。上菜之后，众客朝拱举箸，其人独抻手而观。徐向主人曰："求赐清水一碗。"主问曰："何处用之？"答曰："洗干净了指头，好拈菜吃。"

注释：

1 失分：少分。

善 求

有作客异乡者，每入席，辄狂啖不已。同席之人甚恶之，因问曰："贵处每逢月食，如何护法[1]？"答曰："官府穿公服群聚，率军校侍兵击鼓为对，俟其吐出始散。"其人亦问同席者曰："贵乡同否？"答曰："敝处不然，只是善求。"问："如何求法？"曰："合掌了手，对黑月说道：'阿弥陀佛，脱煞凶了，求你省可吃些，剩点与人看看罢。'"

注释：

1 护法：保护。

好 啖

甲好啖，手不停箸，问乙曰："兄如何箸也不动？"乙还问曰："兄如何动也不住[1]？"

注释：

1 住：音同"箸"。

同席不认

有客馋甚，每入座，辄饕餮[1]不已。一日，与之同席，自言曾会过一次，友曰："并未谋面，想是老兄错认了。"及上菜后，啖者低头大嚼，双箸不停。彼人大悟，曰："是了，会便会过一次，因兄只顾吃菜，终席不曾抬头，所以认不得尊容，莫怪莫怪。"

注释：

1 饕餮：此指贪婪地吞食。

喜属犬

一酒客讶同席者饮啖太猛，问其年，以属犬对。客曰："早是[1]犬，若属虎的，连我也都吃下肚了。"

注释：

1 早是：幸而，幸好。

问　肉

一人与瞽者同席，先上东坡肉[1]一碗，瞽者举箸即钳而啖之。同席者恶甚。少焉复来捞取，盘中已空如也。问曰："肉有几块？"其人愤然答曰："九块。"瞽者曰："你倒吃了八块么？"

注释：

1 东坡肉：一种用猪肉炖制成的菜。相传为苏轼所创。

吃黄雀

两人共席而饮，碗内有黄雀四只，一人贪食其三，谓同席者曰："兄何不用？"其人曰："索性放在兄腹中，省得他们拆了对。"

啖馄饨

一妻病，夫问曰："想甚吃否？"妻曰："除非好肉馄饨，想吃一二只。"夫为治一盂，意欲与妻同享，方往取箸回，而妻已染指啖尽，止余其一。夫曰："何不并啖此枚？"妻攒眉曰："我若吃得下此只，不害这病了。"

罚变蟹

一人见冥王，自陈一生吃素，要求个好轮回。王曰："我那里查考，须剖腹验之。"既剖，但见一肚馋涎[1]。因曰："罚你去变一只蟹，依旧吐出了罢。"

注释：

1 馋涎：因贪食而流的口涎。

不吃素

一人遇饿虎，将遭啖。其人哀恳曰："圈有肥猪，愿将代己。"虎许之，随至其家。唤妇取猪喂虎，妇不舍曰："所有豆腐颇多，亦堪一饱。"夫曰："罢么，你看这样一个狠主客，可是肯吃素的么？”

酒煮滚汤

有以淡酒宴客者，客尝之，极赞府上烹调之美。主曰：“粗肴未曾上桌，何以见得？”答曰：“不必论其他，只这一味酒煮白滚汤，就妙起了。”

淡　酒

有人宴客用淡酒者，客向主人索刀。主问曰：“要他何用？”曰：“欲杀此壶。”又问：“壶何可杀？”答曰：“杀了他，解解水气。”

淡　水[1]

河鱼与海鱼攀亲，河鱼屡往，备扰海错[2]。因语海鱼：“亲家，何不到小去处下顾一顾？”海鱼许焉。河鱼归曰：“海头太太至矣。”遣手下择深港迎之。海鱼甫至港口便返，河鱼追问其故，答曰：“我吃不惯贵处这样淡水。”

注释：

1 淡水：此暗讽酒淡。　2 海错：海洋生物。

索　米

一家请客，酒甚淡。客曰：“肴馔只此足矣，倒是米求得一撮出来。”主曰：“要他何用？”答曰：“此酒想是不曾下得米，倒要放几颗。”

酒 死

一人请客，客方举杯，即放声大哭。主人慌问曰：“临饮何故而悲？”答曰：“我生平最爱的是酒，今酒已死矣，因此而哭。”主笑曰：“酒如何得死？”客曰：“既不曾死，如何没有一些酒气？”

送君代酒

一客访客，主人不留饮食，起送出门，谓客曰：“古语云：‘远送当三杯’，待我送君里许。”恐客留滞，急拽其袖而行。客曰：“求从容些，量浅[1]，吃不得这般急酒。”

注释：

1 量浅：此指酒量小。

贫窭部

好古董

一富人酷嗜古董，而不辨真假。或伪以虞舜[1]所造漆碗、周公挞伯禽[2]之杖，与孔子杏坛[3]所坐之席求售，各以千金得之。囊资既空，乃左执虞舜之碗，右持周公之杖，身披孔子之席，而行乞于市，曰："求赐太公九府钱[4]一文。"

注释：

1 虞舜：上古帝王舜的称号。 2 伯禽：周文王姬昌之孙，周公旦长子，周武王姬发之侄，周朝诸侯国鲁国第一任国君。 3 杏坛：相传为孔子聚徒授业讲学之处。 4 太公九府钱：周代的钱币。

不奉富

千金子骄语人曰："我富甚，汝何得不奉承？"贫者曰："汝自多金子，我何与而奉汝耶？"富者曰："倘分一半与汝何如？"答曰："汝五百，我五百，我汝等耳，何奉焉？"又曰："悉以相送，难道犹不奉我？"答曰："汝失千金，而我得之，汝又当趋奉我矣。"

穷十万

富翁谓贫人曰："我家富十万矣。"贫人曰："我亦有十万之蓄，何足为奇。"富翁惊问曰："汝之十万何在？"贫者曰："你平素有了不肯用，我要用没得用，与我何异？"

失　火

一穷人正在欢饮，或报以家中失火。其人即将衣帽一整，仍坐云："不妨，家当尽在身上矣。"或曰："令正却如何？"答曰："他怕没人照管？"

夹　被[1]

暑月有拥夹被卧者，或问其故，答曰："阿哟，绵被[2]脱热。"

注释：

1 夹被：没有棉胎，只有上下两层布质的被套。　2 绵被：即棉被。

金银锭[1]

贫子持金银锭行于街市，顾锭叹曰："若得你硬起来，我就好过日子了。"傍人待答[2]曰："要我硬却不能勾，除非你硬了凑我。"

注释：

1 金银锭：箔纸做的银两。　2 待答：此指代替锭回答。

唤　茶

一家客至，其夫唤茶不已。妇曰：“终年不买茶叶，茶从何来？”夫曰：“白滚水也罢。”妻曰：“柴没一根，冷水怎得热？”夫骂曰：“狗淫妇！难道枕头里就没有几根稻草？”妻回骂曰：“臭忘八！那些砖头石块，难道是烧得着的？”

留　茶

有留客吃茶者，苦无茶叶，往邻家借之。久而不至，汤滚则溢，以冷水加之。既久，釜且满矣，而茶叶终不得。妻谓夫曰：“茶是吃不成了，不如留他洗个浴罢。”

怕　狗

客至乏仆，暗借邻家小厮掇茶。至客堂后，逡巡不前，其人厉声曰：“为何不至？”僮曰：“我怕你家这只凶狗。”

食　粥

一人家贫，每日省米吃粥。怕人耻笑，嘱子讳之，人前只说吃饭。一日，父同友人讲话，等久不进，子往唤曰：“进来吃饭。”父曰：“今日手段快，缘何煮得恁早？”子曰：“早到不早，今日又熬了些清汤。”

鞋袜讦讼

一人鞋袜俱破，鞋归咎于袜，袜又归咎于鞋，交相讼之于官。官不能决，乃拘脚跟证之。脚跟曰：“小的一向逐出在外，何由得知？”

被屑挂须

贫家盖稿荐，幼儿不知讳，父挞而戒之曰：“后有问者，但云盖被。”一日父见客，而须上带荐草[1]，儿从后呼曰：“爹爹，且除去面上被屑着！”

注释：

1 荐草：席草。

吃糟饼[1]

一人家贫而不善饮，每出啖糟饼二枚，便有酣意[2]。适遇友人问曰：“尔晨饮耶？”答曰：“非也，吃糟饼耳。”归以语妻，妻曰：“呆子，便说吃酒，也妆[3]些体面。”夫颔之。及出，仍遇此友，问如前，以吃酒对。友诘之：“酒热吃乎？冷吃乎？”答曰：“是熯[4]的。”友笑曰：“仍是糟饼。”既归，而妻知之，咎曰：“汝如何说熯，须云热饮。”夫曰：“我知道了。”再遇此友，不待问即夸云：“我今番[5]的酒，是热吃的？”友问曰：“你吃几何？”其人伸手曰：“两个。”

注释:

1 糟饼：用做酒剩下的渣滓做的饼。 2 酣意：醉意。 3 妆：假装。 4 熯：烧，烘烤。 5 今番：这回。

烧黄熟[1]

清客见东翁烧黄熟香，辄掩鼻不闻，以其贱而不屑用也。主人曰：“黄熟虽不佳，还强似府上烧人言[2]、木屑。”清客大诧曰：“我舍下何曾烧这两件？”主人曰：“蚊烟[3]是甚么做的？”

注释:

1 黄熟：即黄熟香。一种产于热带的香料。其质地轻而松软，置于水中不沉。 2 人言：即砒霜。 3 蚊烟：即蚊香。

拉银会

有人拉友作会[1]，友固拒之不得，乃曰：“汝若要我与会，除是跪我。”其人即下跪，乃许之。傍观者曰：“些须会银，左右要还他的，如此自屈，吾甚不取。”答曰：“我不折本的，他日讨会钱，跪还我的日子正多哩。”

注释:

1 作会：加入经济互助组织。

兑会钱

一人对客，忽转身曰：“兄请坐，我去兑还一主会银，就来奉陪。”才进即出，客问：“何不兑银？”其人笑曰：“我曾算来，他是痴的，所以把会银与我。我若还他，也是痴的了。”

剩石沙

一穷人留客吃饭，其妻因饭少，以鹅卵石衬于添饭之下。及添饭既尽，而石出焉。主人见之愧甚，乃责仆曰：“瞎眼奴才，淘米的时节，眼睛生在那里？这样大石沙，都不拿来拣出。”

饭粘扇

一人不见了扇子，骂曰：“拿我的扇子，去做羹饭！”傍人曰：“扇子如何做得羹饭？”其人曰：“你不晓得，我的扇子，糊掇许多饭粘在上面。”

没屪

穷人好妆体面，偶出访友，乏人跟随，令妻男妆以代仆。及至友家，闲谈至暮，遂留宿焉。因铺陈未备，主伴主，而仆伴仆，各睡一处。穷人解衣上床，下身无裤，次日起身后，主人叹曰：“好笑这朋友，穷得裤子也无，只穿一件单布麻裙。”仆在傍曰：“这还算好，不像他管家，竟穷得屪子都精光。”

破衣

一人衣多破孔，或戏之曰：“君衣好像棋盘，一路一路的。”其人笑曰：“不敢欺，再着着，还要打结哩。”

借　服

有居服制[1]而欲赴喜筵者，借得他人一羊皮袄，素冠[2]而往。人知其有服也，因问："尊服是何人的？[3]"其人见友问及，以为讥诮其所穿之衣，乃遽视己身作色而言曰："是我自家的，问他怎么？"

注释：

1 居服制：处于守丧期。　2 素冠：白色的帽子。古代遭凶丧事时所戴。　3 此句原意指为何人服丧。

连三拐

一人三餐无食，夫妻枵腹[1]上床。妻嗟叹不已，夫曰："我今夜连要打三个拐，以当三餐。"妻从之。次早起来，头晕眼花，站脚不住，谓妻曰："此事妙极，不惟可以当饭，且可当酒。"

注释：

1 枵腹：空腹。

酒瓮盛米

一穷人积米三四瓮，自谓极富。一日，与同伴行市中，闻路人语曰："今岁收米不多，止得三千余石。"穷人谓其伴曰："你听这人说谎，不信他一分[1]人家，有这许多酒瓮。"

注释：

1 一分：指一户。

遇 偷

偷儿入贫家，遍摸无一物，乃唾地开门而去。贫者床上见之，唤曰：“贼，有慢了[1]，可为我关好了门去。”偷儿曰：“你这样人，亏你还叫我贼！我且问你，你的门关他做甚么？”

注释：

1 有慢了：怠慢了。

被 贼

穿窬入一贫家，其家止蓄米一瓮，置卧床前。偷儿解裙布地，方取瓮倾米，床上人窃窥之，潜抽其裙去，急呼“有贼”。贼应声曰：“真个有贼，刚才一条裙在此，转眼就被贼屄养的偷去了。”

羞见贼

穿窬往窃一家，见主人向外而睡，忽转朝里。贼疑其素有相识，欲遁去。其人大呼曰：“来不妨，因我家乏物可敬，无颜见你啰。”

望包荒[1]

贫士素好铺张，偷儿夜袭之，空如也，唾骂而去。贫士摸床头数钱，追赠之，嘱曰：“君此来，虽极怠慢，然在人前尚望包荒。”

注释：

1 包荒：掩饰，遮盖。

借　债

有持券[1]借债者，主人曰："券倒不须写，只画一幅行乐图来。"借者问其故，答曰："怕我日后讨债时，便不是这副面孔耳。"

注释：

1 券：古代的契据。此指借条。

变　爷

一贫人生前负债极多，死见冥王。王命鬼判查其履历[1]，乃惯赖人债者，来世罚去变成犬马，以偿前欠。贫者禀曰："犬马之报，所偿有限，除非变了他们的亲爷，方可还得。"王问何故，答曰："做了他家的爷，尽力去挣，挣得论千论万，少不得都是他们的。"

注释：

1 履历：生平经历。

梦还债

欠债者谓讨债者曰："我命不久矣，昨夜梦见身死。"讨者曰："阴阳相反，梦死反得生也。"欠债者曰："还有一梦。"问曰："何梦？"曰："梦见还了你的债。"

说出来

一人为讨债者所逼，乃发急曰：“你定要我说出来么！”讨债者疑其发[1]己心病，嘿然[2]而去。如此数次。一日发狠曰：“由你说出来也罢，我不怕你。”其人又曰：“真个要说出来？”曰：“真要你说。”曰：“不还了！”

注释：

1 发：揭发，揭露。　2 嘿然：不作声。

坐椅子

一家索债人多，椅凳俱坐满，更有坐槛上者。主人私谓坐槛者云：“足下明日来早些。”那人意其先完己事，乃大喜，遂扬言以散众人。次早黎明即往，叩其相约之意。答曰：“昨日有亵坐槛，甚是不安，今日早来，可先占把交椅。”

扛欠户

有欠债屡索不还者，主人怒，命仆辈潜伺其出，扛之以归。至中途，仆暂歇息，其人曰：“快走罢，歇在这里，又被别人扛去，不关我事。”

拘债精[1]

冥王命拘蔡青，鬼卒误听，以为勾债精也，遂摄一欠债者到案。王询之，知其谬，命鬼卒放回。债精曰：“其实不愿回去。

阳间无处藏身，正要借此处一躲。”

注释：

1 债精：指负债累累之人。

摆海干

一人专好放生，龙王感之，命夜叉赠一宝钱，嘱曰：“此钱名为摆海干，教他把此钱在海中一摆，海水即干，任将金银宝贝拿去。”夜叉使命付讫。其人日日将钱去摆，遂成大富。后把此钱失去，贪心未足，只将空手海上去摆。一日，撞着夜叉，夜叉曰：“你手内钱都没了，还有何脸面，在此摆[1]甚么？”

注释：

1 摆：此讥讽其摆架子、摆谱。

讥刺部

搬是非

寺中塑三教像，先儒，次释[1]，后道。道士见之，即移老君[2]于中。僧见，又移释迦于中。士见，仍移孔子于中。三圣自相谓曰："我们原是好好的，却被这些小人搬来搬去搬坏了。"

注释：

1释：佛教创始人释迦牟尼的简称，后泛指佛教。　2老君：道教对老子的神化称呼，又称"太上老君"。

丈　人

有以岳丈之力得中魁选[1]者，或为语嘲之曰："孔门弟子入试，临揭晓，闻报子张[2]第九。众曰：'他一貌堂堂，果有好处。'又报子路第十三，众曰：'这粗人到也中得高，还亏他这阵气魄好。'又报颜渊第十二，众曰：'他学问最好，屈了他些。'又报公冶长[3]第五，大家骇曰：'那人平时不见怎的，为何倒中在前？'一人曰：'他全亏有人扶持，所以高掇[4]。'问：'谁扶持他？'答曰：'丈人。'"

注释：

1魁选：科举考试中的第一名。　2子张：春秋末年人，孔子弟子。3公冶长：春秋时人。孔子弟子，也是孔子的女婿。4高擢：科考高中。

大 爷

一人牵牛而行，喝人让路，不听，乃云："看你家爷来。"一人回视曰："难道我家有这样个大爷？"

接风[1]送程

一人往苏州娶得一妾，唤名苏娘。后又往杭州娶了一妾，就取名杭娘。其妻立下规矩：每到苏、杭身边去，必要投批挂号[2]，先与他干讫一度，方许前行，名为送程。及轮该自晚，与夫交合，又名为接风。其夫苦于奔命，愿请独宿。一日，妻兴忽发，乃劝夫往苏、杭去。夫笑曰："我苏、杭到也要去，只是当你接风、送程不起。"

注释：

1接风：宴请远来或远归的人，表示欢迎。2投批挂号：即报备登记。

苏杭同席

苏、杭人同席，杭人单吃枣子，而苏人单食橄榄。杭问苏曰："橄榄有何好处，而兄爱吃他？"曰："回味最佳。"杭人曰："等得你回味好，我已甜过半日了。"

狗衔锭

狗衔一银锭而飞走，人以肉喂他不放，又以衣罩去，复甩脱。人谓狗曰："畜生，你直恁不舍，既不爱吃，复不好穿，死命要这银子何用？"

不停当[1]

有开当者，本钱甚少。初开之月，招牌写一"当"字。未几，本钱发尽，赎者不来，乃于"当"字之上，写一"停"字，言停当也。及后赎者再来，本钱复至，又于"停"字之上，加一"不"字。人见之曰："我看你这典铺中，实实有些不停当了。"

注释：

1 不停当：不妥当。

十只脚

关吏缺课[1]，凡空身人过关，亦要纳税，若生十只脚者免。初一人过关无钞，曰："我浙江龙游人也。龙是四脚，牛[2]是四脚，人两脚，岂非十脚？"许之。又一人求免税曰："我乃蟹客也。蟹八脚，我两脚，岂非十脚？"亦免之。末后一徽商过关，竟不纳税。关吏怒欲责之，答曰："小的虽是两脚，其实身上之脚还有八只。"官问："那里？"答曰："小的徽人，叫做徽獭猫。猫是四脚，獭又四脚，小的两脚，岂不共是十只脚？"

注释：

1 课：赋税。 2 牛：音近“游”。

亲家公

有见少妇抱小儿于怀，乃讨便宜曰：“好个乖儿子。”妇知其轻薄，接口曰：“既好，你把女儿送他做妻子罢。”其人答曰：“若如此，你要叫我——亲家公了。”

中　人[1]

玉帝修凌霄殿[2]，偶乏钱粮，欲将广寒宫[3]典与下界人皇。因思中人亦得一皇帝便好，乃请灶君皇帝下界议价。既见朝，朝中人讶之曰：“天庭所遣中人，何黑如此？”灶君笑曰：“天下中人，那有是白做的！”

注释：

1 中人：居间介绍或作证的人。 2 凌霄殿：神话里天君玉皇大帝的宫殿。 3 广寒宫：神话里月亮上的宫殿。

媒　人

有忧贫者，或教之曰：“只求媒人足矣。”其人曰：“媒安能疗贫乎？”答曰：“随你穷人家，经了媒人口，就都发迹了！”

表　号

一富翁不通文墨，有借马者柬云：“偶欲他出，告假[1]骏足[2]

一乘。”翁大怒曰：“我便是一双足，如何借得？”傍友代解曰：“所谓骏足者，马之称号也。”翁乃大笑曰：“不信畜生也有表号。”

注释：

1 假：借用。 2 骏足：骏马。

精童[1]

有好外[2]者，往候一友。友知其性，呼曰：“唤精童具茶[3]。”已而献茶者，乃一奇丑童子也。其人曰：“似此何名精童？”友曰：“正惟一些人（音‘银’）气也无得。”

注释：

1 精童：长相精致的仆童。 2 好外：爱男色、男宠。 3 具茶：备茶。

相称

一俗汉造一精室，室中罗列古玩书画，无一不备。客至，问曰：“此中若有不相称者，幸指教，当去之。”客曰：“件件俱精，只有一物可去。”主人问：“是何物？”客曰：“就是足下。”

看扇

有借佳扇观者，其人珍惜，以绵绸衫衬之。扇主看其袖色不堪，谓曰：“倒是光手拿着罢。”

［南唐］顾闳中《韩熙载夜宴图》（局部）

［北宋］赵佶《摹张萱捣练图》（局部）

性不饮

一人以酒一瓶、腐一块，献利市神[1]。祭毕，见狗在傍，速命童子收之。童方携酒入内，腐已为狗所啖。主怒曰：“奴才！你当收不收，只应先收了豆腐。岂不晓得狗是从来不吃酒的！”

注释：

1 利市神：指财神。

担鬼人

钟馗[1]专好吃鬼，其妹送他寿礼，帖上写云：“酒一坛，鬼两个，送与哥哥做点剁。哥哥若嫌礼物少，连挑担的是三个。”钟馗看毕，命左右将三个鬼俱送庖人[2]烹之。担上鬼谓挑担鬼曰：“我们死是本等，你却何苦来挑这担子？”

注释：

1 钟馗：民间传说中能打鬼驱除邪祟的神。　2 庖人：厨师。

鬼　脸

阎王差鬼卒拘三人到案，先问第一个：“你生前作何勾当？”答去：“缝连补缀。”王曰：“你迎新弃旧，该押送油锅。”又问第二个：“你作何生理？”答曰：“做花卖。”王曰：“你节外生枝，发在油锅。”再问第三个，答曰：“糊鬼脸。”王曰：“都押到油锅去。”其人不服，曰：“我糊鬼脸，替大王张威壮势，如何同犯此罪？”王曰，“我怪你见钱多的，便把好脸儿与他，那钱少的，就将歹脸来欺他。”

牙虫

有患牙疼者，无法可治。医者云：“内有巨虫一条，如桑蚕样，须捉出此虫，方可断根。”问：“如何就有恁大？”医曰：“自幼在牙（衙）门里吃大，最能伤人。”

狗肚一句

新官到任，吏跪献鲫鱼一尾，其味佳美，大异寻常。官食后，每思再得，差役遍觅无有。仍向前吏索之，吏禀曰：“此鱼非市中所买。昨偶宰一狗，从狗肚中得者，以为异品，故敢上献。”官曰：“难道只有此鲫了？”吏曰：“狗肚里焉得有第二鲫（音‘句’）？”

吃粮披甲

一耗鼠在阴沟内钻出，近视者睨视良久，曰：“咦！一个穿貂裘的大老官。”鼠见人随缩入。少刻，又一大龟从洞内扒出，近视曰：“你看穿貂袄的主儿才得进去，又差出个披甲兵儿来了。”

风流不成

有嫖客钱尽，鸨儿置酒饯[1]之。忽雨下，嫖客叹曰：“雨落天留客，天留人不留。”鸨念其撒钱，勉留一宿。次日下雪复留。至第三日风起，嫖客复冀其留，仍前唱叹。鸨儿曰：“今番官人没钱，风留（流）不成。”

注释：

1 饯：设酒食送行。

好乌龟

时值大比[1]，一人夤缘科举一名，命卜者占龟，颇得佳象，稳许今科公捷。其人大喜，将龟壳谨带随身。至期点名入场，主试出题，旨解茫然，终日不成一字。因抚龟叹息曰："不信这样一个好乌龟，如何竟不会做文字！"

注释：

1 大比：周代乡大夫三年考核一次，称为"大比"。后泛称三年举行一次的科举考试。

联　宗

眉毛一日忽欲与胁毛联宗，胁毛不肯，曰："我也在人手下，如何与你联得？有一好去处，引你去联可也。"问："何处？"曰："下边新竖旗杆的。"

定　亲

一人登厕，隔厕先有一女在焉，偶失净纸，因言："若有知趣的给我，愿为之妇。"其人闻之，即以自所用者，从壁隙中递与。女净讫径去。其人叹曰："亲事虽定了一头，这一屁股债，如何干净？"

有钱夸口

一人迷路，遇一哑子，问之不答，惟以手作钱样，示以得钱，方肯指引。此人喻其意，即以数钱与之，哑子乃开口指明去路。其人问曰："为甚无钱装哑？"哑曰："如今世界，有了钱，便会说话耳！"

古今三绝

一家门首，来往人屙溺，秽气难闻。因拒之不得，乃画一龟于墙上，题云："在此溺尿者，即是此物。"一恶少[1]见之，问曰："此是谁的手笔？"画者任之，恶少曰："宋徽宗[2]、赵子昂[3]与吾兄三人，共垂不朽矣。"画者询其故，答曰："宋徽宗的鹰，赵子昂的马，兄这样乌龟，可称古今三绝。"

注释：

1 恶少：品行恶劣的年轻无赖。 2 宋徽宗：赵佶，北宋第八位皇帝，擅长书画。 3 赵子昂：赵孟頫，元初著名书法家、画家、诗人。

白蚁蛀

有客在外，而主人潜入吃饭者。既出，客谓曰："宅上好座厅房，可惜许多梁柱，都被白蚁蛀坏了。"主人四顾曰："并无此物。"客曰："他在里面吃，外边人如何知道。"

吃 烟

人有送夜羹饭甫毕，已将酒肉啖尽。正在化纸[1]将完，而群狗环集，其人曰："列位来迟了一步，并无一物请你，都来吃些烟罢。"

注释：

1 化纸：焚烧纸钱。

烦 恼

或问："樊迟[1]之名谁取？"曰："孔子取的。"问："樊哙之名谁取？"曰："汉祖[2]取的。"又曰："烦恼之名谁取？"曰："这是他自取的。"

注释：

1 樊迟：孔子弟子。 2 汉祖：即汉高祖刘邦。

嘉兴人

下虱请上虱宴饮，上虱行至脐下，见肾倒挂，乃大惊而回。一日，下虱复遇上虱，叙述："前次奉请，何以见却？"上虱曰："那日知兄府上为了人命，心绪欠宁，故不好取扰。"下虱曰："并无其事。"上虱曰："吊死一嘉兴人在你门首，如何讳赖[1]？"下虱曰："那见是嘉兴人？"答曰："他身边现带着两个臭鸭蛋。"

注释：

1 讳赖：不承认。

猫逐鼠

昔有一猫擒鼠，赶入瓶内，猫不舍，犹在瓶边守候。鼠畏甚，不敢出。猫忽打一喷嚏，鼠在瓶中曰："大吉利。"猫曰："不相干，凭你奉承得我好，只是要吃你哩！"

祝　寿

猫与耗鼠庆生，安坐洞口，鼠不敢出。忽在内打一喷嚏，猫祝曰："寿年千岁！"群鼠曰："他如此恭敬，何妨一见？"鼠曰："他何尝真心来祝寿啰，骗我出去，正要狠嚼我哩。"

心　狠

一人戏将数珠挂猫项间，群鼠私相贺曰："猫老官已持斋念佛，定然不吃我们的了。"遂欢跃于庭，猫一见，连哺数个。众鼠奔走，背地语曰："吾等以他念佛心慈了，原来是假意修行。"一答曰："你不知，如今世上修行念佛的，比寻常人的心肠更狠十倍。"

嘲恶毒

蜂与蛇结盟，蜂云："我欲同你上江一游。"蛇曰："可，你须伏在我背间。"行到江中，蛇已无力，或沉或浮。蜂疑蛇害己，将尾刺钉紧在蛇背上。蛇负疼骂曰："人说我的口毒，谁知你的肚里更毒！"

骂无礼

有数小厮同下池塘浴水，被一小蛇将屪子咬了一口。小厮忿怒，将池塘戽[1]干，果见小蛇，乃大骂曰：“这小畜生太无礼，咬我屪子就是你！”

注释：

1 戽：汲水。

讥人弄乖

凤凰寿，百鸟朝贺，惟蝙蝠不至。凤责之曰：“汝居吾下，何踞傲[1]乎？”蝠曰：“吾有足，属于兽，贺汝何用？”一日，麒麟生诞，蝠亦不至，麟亦责之。蝠曰：“吾有翼，属于禽，何以贺欤？”麟、凤相会，语及蝙蝠之事，互相慨叹曰：“如今世上恶薄，偏生此等不禽不兽之徒，真个无奈他何！”

注释：

1 踞傲：即“倨傲”，傲慢不恭。踞，通“倨”。

素　毒

人问：“羊肉与鹅肉，如何这般毒[1]得紧？”或答曰：“生平吃素的。”

注释：

1 毒：此指腥臊。

白　嚼

三人同坐，偶谈及家内耗鼠可恶。一曰："舍间饮食，落放不得，转眼被他窃去。"一云："家下衣服书籍，散去不得，时常被他侵损。"又一曰："独有寒家老鼠不偷食咬衣，终夜咨咨叫到天明。"此二人曰："这是何故？"答曰："专靠一味白嚼。"

嚼　蛆

有善说笑话者，人嘲之曰："我家有一狗，落在粪坑中，三年零六个月还不曾死。"其人曰："既然如此，他吃些甚么？"答曰："单靠嚼蛆。"

笑话一担

秀才年将七十，忽生一子，因有年纪而生，即名年纪。未几，又生一子，似可读书者，命名学问。次年，又生一子，笑曰："如此老年，还要生儿，真笑话也。"因名曰笑话。三人年长无事，俱命入山打柴。及归，夫问曰："三子之柴孰多？"妻曰："年纪有了一把，学问一些也无，笑话到有一担。"

听笑话

一妇与邻人私，谓妇曰："我常要过来会你，碍汝夫在家，奈何？"妇曰："壁间挖一孔，你将此物伸过，如他不在，我好通信。"一日，夫在家正讲笑话，突见壁间之物，夫诘之，妇无可答，乃慌应曰："是听笑话的。"

引　避

有势利者，每出，逢冠盖[1]，必引避[2]。同行者问其故，答曰："舍亲[3]。"如此屡屡，同行者厌之。偶逢一乞丐，亦效其引避，曰："舍亲。"问："为何有此令亲。"曰："但是好的，都被你认去了。"

注释：

1 冠盖：泛指古代官吏的冠服和车乘。此借指官吏。　2 引避：躲避，让路。　3 舍亲：对他人谦称自己的亲戚。

取　笑

甲乙同行，甲望见显者冠盖，谓乙曰："此吾好友，见必下车，我当引避。"不意竟避入显者之家，显者既入门，诧曰："是何白撞[1]，匿我门内！"呼童挞而逐之。乙问曰："既是好友，何见殴辱？"答曰："他从来是这般与我取笑惯的。"

注释：

1 白撞：白天闯入人家作案的窃贼。

吃橄榄

乡人入城赴酌，腰席内有橄榄焉。乡人取啖，涩而无味，因问同席者曰："此是何物？"同席者以其村气[1]，鄙之曰："俗。"乡人以为"俗"是名，遂牢记之。归谓人曰："我今日在城尝一奇物，叫名'俗'。"众未信，其人乃张口呵气曰："你们不信，现今满口都是俗气哩。"

注释：

1 村气：土气，粗俗。

避首席

有病疯疾者，延医调治，医辞不肯用药。病者曰：“我亦自知难医，但要服些生痰动气的药，改作痨、膨二症。”医曰：“疯、痨、膨、膈，同是不起之症[1]，缘何要改？”病者曰：“我闻得疯、痨、膨、膈，乃是阎罗王的上客。我生平怕做首席，所以要挪在第二、第三。”

注释：

1 不起之症：不治之症。

瓦　窑[1]

一人连生数女，招友人饮宴。友作诗一首，戏赠之云：“去岁相招因弄瓦[2]，今年弄瓦又相招。弄去弄来都弄瓦，令正原来是瓦窑。”

注释：

1 瓦窑：原指烧制砖瓦的灶。后用以嘲笑妇人只生女儿而不生男孩。　2 弄瓦：旧时生女的代称。

嘲周姓

浙中盐化地方，有查、祝、董、许四大族，簪缨世胄[1]，科甲连绵。后有周姓者，偶发两榜，其居乡豪横，欲与四大姓并驾齐驱。里人因作诗嘲之曰："查祝董许周，鼋[2]鼍[3]蛟[4]龙鳅，江淮河海沟，虎豹犀象猴。"

注释：

1簪缨世胄：指显贵人家出身。 2鼋：大鳖。 3鼍：扬子鳄。 4蛟：古代传说中的一种龙。

嘲滑稽客

一人留客午饭，其客已啖尽一碗，不见添饭。客欲主人知之，乃佯言曰："某家有住房一所要卖。"故将碗口向主人曰："椽子[1]也有这样大。"主人见碗内无饭，急呼童，使添之。因问客曰："他要价值几何？"客曰："如今有了饭吃，不卖了。"

注释：

1椽子：屋顶结构中设置在檩条上的木条。

认 族

有王姓者，平素最好联谱，每遇姓相似者，不曰"寒宗"，就说"敝族"。偶遇一汪姓者，指为友曰："这是舍侄。"友曰："汪姓何为是盛族？"其人曰："他是水窠路里王家。"遇一匡姓者，亦认是侄孙。人曰："匡与王，一发差得远了。"答曰："他是欌墙内王家。"又指一全姓，亦云："是舍弟。""一发甚么相干？"其人曰："他从幼在大人家做蔑片的王家。"又指姓毛者是寒族，友大笑其荒唐，曰："你不知，他本是我王家一派，只因生了一个尾巴，弄得毛头毛脑了。"人问："王与黄同音，为何反不是一家？”答同：“如何不是？那是廿一都田头八[1]家兄。”

注释：

1 廿一都田头八：合起来为“黄”字。

谬误部

见皇帝

一人从京师回，自夸曾见皇帝。或问："皇帝门景如何？"答曰："四柱牌坊，金书'皇帝世家'。大门内匾，金书'天子第'。两边对联是：'日月光天德，山河壮帝居。'"又问："皇帝如何装束？"曰："头带玉纱帽，身穿金海青[1]。"问者曰："明明说谎，穿了金子打的海青，如何拜揖？"其人曰："呸！你真是个冒失鬼，皇帝肯与那个作揖的？"

注释：

1 海青：礼佛时所穿的宽袖长袍。

僭[1]称呼

一家父子僮仆，专说大话，每每以朝廷名色[2]自呼。一日，友人来望，其父出外，遇其长子，曰："父王驾出了。"问及令堂[3]，次子又云："娘娘在后花园饮宴。"友见说话僭分，含怒而去。途遇其父，乃述其子之言告之。父曰："是谁说的？"仆在后云："这是太子与庶子说的。"其友愈恼，扭仆便打。其父忙劝曰："卿家[4]弗恼，看寡人[5]面上。"

注释：

1僭：超越本分，旧时指地位在下的冒用在上的名义或礼仪、器物。 2名色：名目，名称。 3令堂：称对方母亲的敬词。 4卿家：小说、戏剧中帝、后对臣下的亲切称呼。 5寡人：古代王侯自称的谦词。

看镜

有出外生理者，妻要捎买梳子，嘱其带回。夫问其状，妻指新月示之。夫货毕，忽忆妻语，因看月轮正满，遂依样买了镜子一面带归。妻照之骂曰："梳子不买，如何反取了一妾回来？[1]"两下争闹。母闻之往劝，忽见镜，照云："我儿有心费钱，如何讨恁个年老婆儿？"互相埋怨，遂至讦讼。官差往拘之，差见镜，慌云："才得出牌，如何就出添差来捉违限[2]？"及审，置镜于案，官照见大怒云："夫妻不和事，何必央请乡官来讲份上！"

注释：

1此句意指妻子看见镜中自己不认识，误以为是丈夫找的小妾。下文中各人均不识镜中自己。 2违限：超过期限。

高才[1]

一官偶有书义未解，问吏曰："此处有高才否？"吏误认以为裁缝姓高也，应曰："有。"即唤进，官问曰："'贫而无谄'，如何？"答曰："裙而无裥[2]，折起来。"又问："'富而无骄'，如何？"答曰："裤若无腰，做上去。"官怒喝曰："哇[3]！"裁缝曰："极是容易，若是皱了，小人有熨斗，取来烫汤。"

注释：

1 高才：指才智过人者。 2 裥：衣服上的褶子。 3 咗：怒斥声。

谢 赏

一官坐堂，偶撒一屁，自说“爽利”二字。众吏不知，误听以为“赏吏”，冀得欢心，争跪禀曰：“谢老爷赏。”

不识货

有徽人开典而不识货者，一人以单皮鼓一面来当，喝云：“皮锣一面，当银五分。”有以笙来当者，云：“斑竹酒壶一把，当银三分。”有当笛者，云：“丝绢火筒一根，当银一分。”后有持了事帕[1]来当者，喝云：“虎狸斑汗巾一条，当银二分。”小郎曰：“这物要他何用？”答云：“若还不赎，留他来抹抹嘴也好。”

注释：

1 了事帕：房事结束后揩抹的布巾。

外太公

有教小儿以“大”字者，次日写“太”字问之，儿仍曰：“大字。”因教之曰：“中多一点，乃太公的‘太’字也。”明日写“犬”字问之，儿曰：“太公的‘太’字。”师曰：“今番点在外，如何还是‘太’字？”儿即应曰：“这样说，便是外太公了。”

床　榻

有卖床榻者，一日夫出，命妇守店。一人来买床，价少，银水[1]又低，争值良久，勉强售之。次日，复来买榻，妇曰："这人不知好歹，昨日床上讨尽我的便宜，今日榻上又想要讨我的便宜了。"

注释：

1 银水：银子的成色。

房　事

一丈母命婿以房典银，既成交，而房价未足。因作书促之云："家岳母房事悬望至紧，刻不可缓，早晚望公垂慈[1]一处，以济其急。至感[2]，至感。"

注释：

1 垂慈：书面用语。表示上对下、长辈对晚辈的赏恩、施舍。　2 至感：极其感激。常为书信用语。

卖　粪

一家有粪一窖，招人货卖，索钱一千，买者还五百。主人怒曰："有如此贱粪，难道是狗撒的？"乡人曰："又不曾吃了你的，何须这等发急？"

出　丑[1]

有屠牛者，过宰猪者之家，其子欲讳“宰猪”二字，回云：“家尊出亥[2]去了。”屠牛者归，对子述之，称赞不已。子亦领悟，次日屠猪至，其子亦回云：“家父往外出丑去了。”问：“几时归？”答曰：“出尽丑自然回来了。”

注释：

1 出丑：原指丧失体面，丢人。此处为“出去杀牛”的隐语，地支“丑”字与属相“牛”对应。　2 出亥：“出去杀猪”的隐语，地支“亥”字对应属相“猪”。

整嫂裙

一嫂前行而裙夹于臀缝内者，叔从后拽整之。嫂顾见，疑其调戏也，遂大怒。叔躬身曰：“嫂嫂请息怒，待愚叔依旧与你塞进去，你再夹紧何如？”

戏嫂臂

兄患病献神，嫂收祭物，叔将嫂臂暗掐一把。嫂怒云：“看你肥肉吃得几块！”兄在床上听见，叫声：“兄弟没正经，你嫂嫂要留来结识人头的，大家省口出客罢。”

淫　病

一人不通文墨，向友问曰：“三点水的‘淫’字如何解？”友曰："淫乃妇人之大病。"其人颔之。一日，此人之妻忽抱病颇剧，出遇友人问曰："令正病体何如？"其人曰："不要说起，贱内这两日，着实一发淫得紧哩。"

利 市

一人元旦出门云："头一日必得利市方妙。"遂于桌上写一"吉"字。不意连走数家，求一茶不得。将"吉"字倒看良久，曰："原来写了'口干'二字，自然没得吃了。"再顺看曰："吾论来，竟该有十一家替我润口。"

官 话

有兄弟经商，学得一二官话。将到家，兄往隔河出恭，命弟先往见其父。父问曰："汝兄何在？"弟曰："撒（杀）屎（死）。"父惊曰："在何处杀死的？"答曰："河南。"父方悲恸而兄已至，父遂骂其次子："何得妄言如是？"曰："我自打官话耳。"父曰："这样官话，只好吓你亲爷罢了。"

掌 嘴

一乡人进城，偶与人竞，被打耳光子数下。赴县叫喊，官问："何事？"曰："小人被人打了许多乳光。"官不信，连问，只以乳光对。官大怒，呼皂隶掌嘴。方被掌，乡人遽以指示官："正是这个样子。"

乳　广[1]

一乡人涉讼，官受其贿，临审复掌嘴数下。乡人不忿，作官话曰："老牙[2]，你要人鞘（言银子也）我就人鞘，要铜团（言铜钱也）就铜团，要尾（言米也）就尾，为何临了来又歹[3]我的乳广？"

注释：

1乳广："耳光"的谐音。　2老牙："老爷"的谐音。　3歹："打"的谐音。

官　物

一大气脬过关，关吏见之，指其夹带漏税。其人辩曰："小的是疝气病。"吏曰："既是扇子柄，难道不要起税的么？"曰："疼的疝气病。"吏曰："藤扎扇子柄，一发要报税了。"其人曰："老爷，不是，是疼的大气脬。"吏怒曰："铜的大剃刀，岂该容汝漏税？"责打二十，以正其罪。此人被打出来，偶为尿急，对人家门首撒之。门内妇人大骂，其人曰："娘子休骂，我这官物，比众不同，才在衙门内纳过税，娘子就请看何妨？"

初上路

一人初上北路，才骑牲口踏镫，掉落一鞋。其人因作官话大声曰："阿呀，掌鞭的，我的鞋（杜撰官话读'爷'字）。"赶鞭的以为唤他做爷，答云："爷不敢。"其人愈发急，大呼曰："我的鞋（爷），我的鞋（爷）！"掌鞭的不会其意，亦连声回应曰：

“爷，小的怎么敢?”其人只得仍作乡语，怒骂曰：“搠杀那娘，我一只鞋子（读作‘椓’音）脱掉了!”

闹一闹

一杭人妇，催轿往西湖游玩，贪恋湖上风景，不觉归迟。时已将暮，怕关城门，心中着急，乃对轿夫言曰：“轿夫阿哥，天色晚了，我多把银钱打发，你与我尽力闹一闹。早行进到里头去，不但是我好，连你们也落得自在快活些。”

摸一把

妇人门首买菜，问：“几个钱一把?”卖者说：“实价三个钱两把。”妇还两个钱三把，卖者云：“不指望我来摸娘娘一把，娘娘倒想要摸我一把，讨我这样便宜。”

苏空头[1]

一人初往苏州，或教之曰：“吴人惯扯空头，若去买货，他讨二两，只好还一两。就是与人讲话，他说两句，也只好听一句。”其人至苏，先以买货之法，行之果验。后遇一人，问其姓，答曰：“姓陆[2]。”其人曰：“定是三老官了。”又问：“住房几间?”曰：“五间。”其人曰：“原来是两间一披[3]。”又问：“宅上还有何人?”曰：“只房下一个。”其人背曰：“原还是与人合的。”

注释：

1 空头：不切实际的话或事。 2 陆：作数词时为“六”的大写。 3披：即披屋，正房旁依墙所搭的小屋。

连偷骂

吴人有灌园者，被邻居窃去蔬果，乃大骂曰："入娘贼，春天偷了我婶（笋），夏天又来偷我妹（梅）子，到冬来还要偷我个老婆（萝卜）。"

晾杩桶[1]

苏州人家晒晾两杩桶在外，瞽者不知，误撒小解。其姑喝骂，嫂忙问曰："这肏娘贼个脓血，滴来你个里面，还是撒来我个里头。"姑回云："我搭你两边都有点个。"

注释：

1晾杩桶：即晾马桶。晾，晒、晾。

鸟出来

一家养子瞒人，邻翁问其妇曰："娘子恭喜，添了令郎。"妇曰："并无此事，要便是你鸟出来的。"

轧棉花

姑嫂二人地上轧棉花，嫂问姑："轧得几何？"姑曰："尽力轧得两腿酸麻，轧个戎（同'绒'）勿出。"

庆 生

松江有妪诞辰，子侄辈商所以庆生者。一曰："叫伙戏子与渠汤汤，好弗热闹。"一曰："个非阿娘所好，弗如寻几个和尚，与渠笃笃倒好。"

贺 寿

贺友寿者，其友先期躲生，锁门而出。一日，路上遇见，此人惯作歇后语，因对友曰："前兄寿日，弟拉了许多'丧门吊（客）[1]'，替你'生灾作（祸，贺）'，谁料你家'入地无（门）'，竟是'披枷带（锁）'了。[2]"

注释：

1 丧门吊（客）：丧门吊客是四柱神煞中的凶煞。吊客、丧门皆主孝丧之事。 2 全句意为：你生日那天，我拉了许多客人为你祝寿。不料你家的门却是锁着的。

寿 气[1]

一老翁寿诞，亲友醵分[2]设宴公祝，正行令，各人要带说"寿"字。而壶中酒忽竭，主人大怒，客曰："为何动寿气（器）？"一客云："欠检点，该罚。"少顷，又一人唱寿曲，傍一人曰："合差了寿板。"合席皆曰："一发该罚。"

注释：

1 寿气：音同"寿器"，指棺材。 2 醵分：凑份子。

譬字令

众客饮酒，要譬字“四书”一句为令，说不出者，罚一巨觥[1]。首令曰：“譬如为山。”次曰“譬如行远必自迩”，以及“譬之宫墙”等句。落后一人无可说得，乃曰：“能近取譬。”众哗然曰：“不如式[2]，该罚。如何‘譬’字说在下面？”其人曰：“屁[3]原该在下，诸兄都从上来，不说自倒出了，反来罚我？”

注释：

1 觥：古代酒器。 2 式：样式，格式。 3 屁：音同“譬”。

不知令

饮酒行令，座客有茫然者。一友戏曰：“不知令，无以为君子也。”[1] 其人诘曰：“不知命，为何改作‘令’字？”答曰：“《中庸》注云：‘命犹令[2]也。’”

注释：

1 原句语出《论语·尧曰》。孔子曰：“不知命，无以为君子也；不知礼，无以立也；不知言，无以知人也。” 2 令：政令。

十恶不赦

乡人夤缘进学，与父兄叔伯暑天同走，惟新生撑伞。人问何故，答曰：“入学不晒（作乡音‘十恶不赦’读）。”

馄 饨

苏州人有卖馄饨者，夫偶出，令其妻守店，姿色甚美。一人来买馄饨，因贪看想慕出神，叫曰："娘子，我要买你饨（臀）。"妇应曰："你为何脱落子馄（魂）啰？"

茶 屑

一妇人向山客买茶叶，客问曰："娘子还是要细的，要粗的？"妇曰："粗细倒也都用得着，只不要屑（与'泄'同音）。"

食 蔗

一家请客，摆列水果。家主母取甘蔗食之，连声叫淡。厨司曰："娘娘想是梢（骚）了。"

秤 人

天赦日秤人，婆先将媳上秤，婆云："娘子，你放在大花星上正好。"次秤婆，媳云："看婆婆不出，到（倒）梢（骚）了。"

蚬 子[1]

两人相遇，各问所生子女几何。一曰："五女。"一曰："一子。"生女者曰："一子是险[2]子。"生子者怒曰："我是蚬子，强如你养了许多肉蚌[3]。"

注释：

1 蚬子：一种软体动物。 2 险：音同“蚬”。 3 蚌：生活在淡水里的一种软体动物。

出甑馒头

一女人暑天卖馒头，一人进店取一个，拍开一闻，以其荤者，仍合拢不买而去。店主母大骂曰：“掰开屄个天杀的！我家这样初出笼的馒头，香喷喷，粉白肥嫩，不差甚么，你也用得过。为甚走进来拍开一条大缝，嗅了一嗅，竟自去了。”

绵在凳

一女买绵子[1]，正在讲价，卖者欲出小恭，踌躇不决。女云：“你放在此，难道我偷了不成？”其人曰：“既如此，大娘绵（眠）在凳上，待我撒出了来。”

注释：

1 绵子：丝绵。

撒屁秤

一人问邻妇借秤，妇回云：“我家这管撒屁秤，是用不得的。”其人曰：“娘子，你在前另有不撒屁的，求借我用一用。”

底下硬

一人夜膳后，先在板凳上去睡，翻身说：“底下硬得紧。”妻在灶前听见，回言曰：“不要忙，收拾过碗盏就来了。”

手 氏

一人年逾四旬始议婚，自惭太晚，饰言续弦。及娶后，妻察其动静，似为未曾婚者。乃问其前妻何氏，夫骤然不及思，遽答曰：“手氏。”

两 夫

丈夫欲娶妾，妻曰：“一夫配一妇耳，娶妾见于何典？”夫曰：“孟子云：‘齐人有一妻一妾。[1]’又曰：‘妾妇之道。[2]’妾自古有之矣。”妻曰：“若这等说，我亦当再招一夫。”夫曰：“何故？”妻曰：“岂不闻《大学》上云‘河南程氏两夫[3]’？《孟子》中亦有‘大丈夫’‘小丈夫’。”

注释：

1出自《孟子·离娄章句下》。 2出自《孟子·滕文公下》：“以顺为正者，妾妇之道也。” 3原句为《大学章句序》：“于是河南程氏两夫子出。”

日 饼

中秋出卖月饼，招牌上错写日饼。一人指曰：“‘月’字写成白字了。”其人曰：“我倒信你骗，‘白’字还有一撇哩！”

禁　溺

墙脚下恐人撒尿，画一乌龟于壁上，且批其后曰："撒尿者即是此物。"一人不知那里，仍去屙溺。其人骂曰："瞎了眼睛，也不看看。"撒尿者曰："不知老爹在此。"

墙　龟

墙上画一乌龟，专禁人屙尿。一人竟撒，主家喝曰："你看！"其人云："原来乌龟在此看我撒尿。"

说大话

主人谓仆曰："汝出外，须说几句大话，装我体面。"仆领之。值有言"三清殿[1]大"者，仆曰："只与我家租房一般。"有言"龙衣船大"者，曰："只与我家帐船一般。"有言"牯牛[2]腹大"者，曰："只与我家主人肚皮一般。"

注释：

1 三清殿：道教供奉最高尊神三清祖师的殿堂。殿内奉玉清元始天尊、上清灵宝天尊、太清道德天尊，故名"三清殿"。　2 牯牛：此指阉割过的公牛。多泛指牛。

挣大口

两人好为大言。一人说："敝乡有一大人，头顶天，脚踏地。"一人曰："敝乡有一人更大，上嘴唇触天，下嘴唇着地。"其人问曰："他身子藏在那里？"答曰："我只见他挣得一张大口。”

天 话

一人说：“昨日某处，天上跌下一个人来，长十丈，大二丈。”或问之曰：“亦能说话否？”答曰：“也讲几句。”曰：“讲甚么话？”曰：“讲天话。”

谎 鼓

一说谎者曰：“敝处某寺中有一鼓，大几十围[1]，声闻百里。”傍又一人曰：“敝地有一牛，头在江南，尾在江北，足重有万余斤，岂不是奇事？”众人不信。其人曰：“若没有这只大牛，如何得这张大皮，幔得这面大鼓？”

注释：

1 围：量词，两臂合拢的长度。

大浴盆

好说谎者对人曰：“敝处某寺有一脚盆，可使千万人同浴。”闻者不信。傍一人曰：“此是常事，何足为奇？敝地一新闻，说来才觉诧异。”人问：“何事？”曰：“某寺有一竹林，不及三年，遂长有几百万丈，如今顶着天公长不上去，又从天上长下来。岂不是奇事？”众人皆谓诳言。其人曰：“若没有这等长竹，叫他把甚么篾子，箍他那只大脚盆？”

两企慕[1]

山东人慕南方大桥，不辞远道来看。中途遇一苏州人，亦闻山东萝卜最大，前往观之。两人各诉企慕之意。苏人曰："既如此，弟只消备述[2]与兄听，何必远道跋涉？"因言："去年六月初三，一人自桥上失足堕河，至今年六月初三，还未曾到水，你说高也不高？"山东人曰："多承指教。足下要看敝处萝卜，也不消去得，明年此时，自然长过你们苏州来了。"

注释：

1 企慕：仰慕。 2 备述：详尽地叙述。

误 听

一人过桥，贴边而走，傍人谓曰："看仔细，不要踏了空。"其人误听说他偷了葱，因而大怒，争辨不已。复转诉一人，其人曰："你们又来好笑，我素不相认，怎么冤我盗了钟？"互相厮打，三人扭结到官。官问三人情事[1]，拍案恚曰："朝廷设立衙门，叫我南面坐，尔等反叫我朝了东！"掣[2]签就打。官民争闹，惊动后堂。适奶奶在屏后窃听，闻之柳眉[3]倒竖，抢出堂来，拍案吵闹曰："我不曾干下歹事，为何通同[4]众百姓要我嫁老公！"

注释：

1 情事：事实，情况。 2 掣：抽。 3 柳眉：形容女子细长秀美之眉。 4 通同：串通，勾结。

招弗得

松江人无子，一友问："尊嫂曾养否？"其人答曰："房下养（痒）是常常养呢，只是孽（入）深招（抓）勿得。"

圆　谎

有人惯会说谎，其仆每代为圆之。一日，对人说："我家一井，昨被大风吹往隔壁人家去了。"众以为从古所无，仆圆之曰："确有其事。我家的井，贴近邻家篱笆[1]，昨晚风大，把篱笆吹过井这边来，却像井吹在邻家去了。"一日，又对人说："有人射下二雁，头上顶碗粉汤。"众又惊诧之，仆圆曰："此事亦有。我主人在天井内吃粉汤，忽有一雁堕下，雁头正跌在碗内，岂不是雁头顶着粉汤。"一日，又对人说："寒家有顶漫天帐，把天地遮得沿沿的，一些空隙也没有。"仆乃攒眉曰："主人脱煞扯这漫天谎，叫我如何遮掩得来？"

注释：

1 篱笆：用竹子或树枝等编成的栅栏。

［南宋］李嵩《货郎图》

《笑林广记》是一部集大成的古代笑话集。全书分为十二卷，每卷都有一个独特的主题，如贪吝、世讳、谬误、闺风等，现世事百态、刺人情冷暖、笑可笑之人。《笑林广记》帝王、鬼怪、人体器官无所不讽，在洞彻人心的基础上创造高级幽默，至今仍予人智慧，使人回味。

扫码试听音频讲解

ISBN 978-7-5538-1130-7

9 787553 811307 >

定价：32.00元

武君 选译　崔岩 讲解

阅微草堂笔记

半日闲

岳麓書社

［日本］《百鬼夜行绘卷》（局部）